倉阪鬼一郎

おもいで料理きく屋 なみだ飯

実業之日本社

実業之日本社文庫

おもいで料理きく屋　なみだ飯　目次

第一章　蒸籠蕎麦

一

夏の風が吹いている。
大川の水面《みなも》を渡るさわやかな風だ。
風がのれんを揺する。大川の水の色にちなむ、濃いめの水色ののれんだ。
品のある崩し字で、見世《みせ》の名がこう記されている。

きく屋

のれんのほかに、置き看板とおぼしきものも置かれていた。
軒からいくらか離れたところに、四尺ほどの高さのものが据えられている。

そこには、こう刻まれていた。

おもひで料理

とがったところが少しもなく、線の曲がり具合が美しい文字だ。ながめていると、心がどこかほっこりする。

その前に、二つの小さな影があった。

猫だ。

片方は茶白の縞猫、もう片方は三毛猫だ。

ここでのれんが開き、中から女が出てきた。

小ぶりの鉢を手にしている。

「お水よ、松太郎《まつたろう》、おはな」

白い鶴のつまみかんざしを挿した女はそう言って鉢を置いた。

「みゃ」

短くないて、茶白の縞猫が鉢に近づいた。

ぴちゃぴちゃと音を立てて水を呑みはじめる。

少し遅れて、三毛猫のおはなもおずおずと鉢に近づき、兄の真似をして水を呑みだした。

「いい子ね」

女はまだ小さい猫の首筋をなでてやった。

きく屋のおかみのおきくだ。

「いっぱいお水を呑んで、えさも食べて、大きな猫さんになるんだよ、松太郎、おはな」

猫たちに声をかける。

やさしく首筋をなでると、松太郎とおはなは気持ちよさそうにのどを鳴らした。

ここできく屋から人影が現れた。

あるじの幸太郎《こうたろう》だ。

「そろそろ講のお客さまが見えるぞ」

青い作務衣《さむえ》がよく似合う料理人が言った。

「はい、気張っていきましょう」

おきくはいい声で答えた。

「松太郎、おはな、そろそろお客さまが見えるからね」

きく屋のおかみが猫たちに言った。

猫の名にしてはいやに人のようだが、それもそのはず、どちらもこの世にいた者の名から採っていた。

松太郎、おはな……。

どちらもおきくが産んだ子だった。

しかし……。

もはやこの世にはいない。

楽しそうに遊んでいたきょうだいは、遠いところへ行ってしまった。

二

きく屋が新たなのれんを出したのは、いまから九年前、文化《ぶんか》五年（一八〇八）のことだった。

先代はおきくの父の松吉《まつきち》だった。

二階には大川を望む広間があり、囲炉裏や天火《てんぴ》（現在のオーブン）などのしつらえもたしかな見世は、多くの客でにぎわった。なかには文人墨客《ぶんじんぼっかく》の常連もいた。

当時は菊屋《きくや》という名だった。おかみのおつねとともに、松吉は見世を切り盛りし、料理屋の番付に載るまでになった。

だが……。

菊屋に試練が訪れた。

大黒柱の松吉が、あろうことか、心の臓の差し込みで亡くなってしまったのだ。文化二年（一八〇五）の夏の暑い日のことだった。

菊屋の厨《くりや》を継いだのが幸太郎だった。

相州藤沢《そうしゅうふじさわ》から料理人を志して江戸へ出てきた幸太郎は、まだ十七の若さだったが、料理の腕はなかなかに頼もしかった。よそから実績のある料理人を引っ張ってくるという手も考えられたが、おかみのおつねはこの若者に賭けることにした。

その判断は正しかった。

初めのうちは包丁を持つ手がふるえることもあったが、幸太郎は菊屋の厨をしっかりと守った。

しかし……。

試練の波はまたしても押し寄せてきた。

二年後、懸命に菊屋ののれんを守ってきたおつねが病の床に伏してしまったのだ。

早患いだった。

薬石効《やくせきこう》なく、おつねはあの世へ行ってしまった。

跡取り娘のおきくはまだ十四歳、厨を預かる幸太郎は十九歳だった。ともに若い。

そのうち、いっそのこと二人が夫婦になって菊屋を継いではどうかと常連から勧められた。おきくも幸太郎も、かねてお互いを憎からず思っていたから、話はとんとんと進んだ。

いったんは休んでいた菊屋だが、易者の助言もあり、名を「きく屋」と改めて新たな船出をすることになった。

こうして、文化五年の吉日、きく屋は新たなのれんを出した。

先代の松吉とおつねの頃からの常連は数多かった。それらの常連は若い二人をよく守《も》り立ててくれた。

新たな常連客もできた。若い二人による新生きく屋は順調な船出をした。

先代にまさるとも劣らない繁盛ぶりを示すようになったきく屋に、さらに追い風が吹いた。文化六年（一八〇九）、幸太郎とおきくのあいだに初めての子が生まれたのだ。松吉から一字をもらい、跡取り息子は松太郎と命名された。

次の子宝にはなかなか恵まれなかったが、三年後、待望の子が生まれた。女の子だった。みなに愛《め》でられるように、おはなと名づけられた。おきく十九歳、幸太郎二十四歳のときだった。

幸太郎の料理の腕はさらに上がった。江戸の名店案内にも載ったのだからほまれだ。

大川端にきく屋あり。

その評判を聞いて、新たな客がまた訪れるようになった。

こうして順風満帆のきく屋だったが、暗雲は人知れず忍び寄っていた。

文化十二年（一八一五）は春先から悪い風邪がはやった。この暗い波に、あろうことか、松太郎がさらわれてしまった。まだ七つになったばかりだった。

跡取り息子を亡くしたきく屋は、深い悲しみに包まれた。

悲しい出来事は、それだけにとどまらなかった。

翌文化十三年（一八一六）には疱瘡《ほうそう》がはやった。この恐ろしい病におはなが罹《かか》ってしまった。

七歳までは神のうちと言われる。その歳まで無事に生きられるかどうか、すべては神の思し召しというわけだ。

松太郎に続いて、おはなまで神の子になってしまった。

おきくと幸太郎の嘆きは深かった。

しばらくは色も分からないほどだった。きく屋からのれんが消えた。

常連客の励ましもあり、再びのれんを出すまで、長い時がかかった。涙の谷を渡り、いくつもの長い夜を越え、おきくと幸太郎はまた前を向いて進みはじめた。

兄が幸太郎で、妹がおはな。

二匹の飼い猫がそう名づけられたのには、そんな深いわけがあった。

三

「いらっしゃいまし。お待ちしておりました」

おきくの明るい声が響いた。

「今月も世話になるよ」

白い眉の男が笑みを浮かべた。

馬喰町《ばくろちょう》の木綿問屋、蔦屋《つたや》の隠居の半兵衛《はんべえ》だ。

「望洋の間へどうぞ」

おきくが身ぶりをまじえた。

これから月に一度の講が催される。大川をながめながら酒肴《しゅこう》を楽しむことができる二階の望洋の間は、今日は講で貸し切りだ。

「ああ、上がらせてもらうよ」

福相の隠居が言った。

「失礼いたします」

お付きの手代の新吉《しんきち》も続く。

きく屋が悲しみの雲に覆われてしまったとき、半兵衛は情のこもった文を送ってくれた。おきくはそれを読んでいくたびも涙を流したものだ。ところどころにじんでいるその文は、家宝として大切にしまってある。

ややあって、一挺の駕籠が着いた。

中から降り立ったのは、大伝馬町《おおてんまちょう》の木綿問屋、升屋《ますや》の隠居の喜三郎《きさぶろう》だった。こちらはいつも供をつれていない。

「いらっしゃいまし。蔦屋さんはもうお二階に」

おきくが出迎えた。

「はは、相変わらず早いね、蔦屋さんは」

喜三郎は笑って答えた。

「いつも先にお越しで」

と、おきく。

「前菜とお茶が出ておりますので」

幸太郎が顔を出して告げた。

「追い追い来るだろうからね。ゆっくりさせてもらうよ」

升屋の隠居がそう言って階段に向かった。

講にもいろいろあるが、隠居たちのそれの名目は大山《おおやま》講ということになっている。相州の大山へつれだって詣でるために、金を持ち寄って積み立て、相談がてら酒肴を楽しむのが習いだった。

講の面々は次々に現れた。

「また世話になりますよ」

そう言って階段に向かったのは、馬喰町の糸物問屋、上総屋《かずさや》の隠居の仁左衛門《にざえもん》だった。

よろずに趣味が多く、素人噺家《はなしか》として高座にも上がっている。講の面々で歌仙を巻くときも欠かせない男だ。

いくらか遅れて、通塩町《とおりしおちょう》の地本問屋、武蔵屋《むさしや》の佐吉《さきち》がやってきた。こちらもせがれに身代を譲った楽隠居だ。

面妖な着物と帯の男も姿を現した。

戯作者の乗加反可《のるかそるか》だ。本業ばかりでなく、書物の執筆やかわら版や引札（広告）の文案づくりなど、八面六臂《はちめんろっぴ》の活躍を見せている才人で、きく屋の常連でもある。

字が着物にも帯にも散らされているから、目がちかちかする。

の・る・か・そ・る・か……

「今日も来てしまいました」

その場にいるのが芸、と言われる男が笑った。

「みなさんお待ちで」

おきくが階段のほうを手で示した。

「いやいや、やつがれはついでで」

おもいで料理の引札も思案した男は、総髪に軽く手をやると階段のほうへ向かった。

これで役者がそろった。

四

「舟盛りをお持ちしました」

幸太郎とおきくが料理を運んでいった。

大人数の宴のときなどは応援を頼むこともあるが、平生《へいぜい》は夫婦だけで切り盛りをしている。

「夏の舟は小ぶりで風流だね」

蔦屋の半兵衛が言った。

「冬より足が早くなりますので」

幸太郎がそう言って、美しく盛り付けられた舟盛りを置いた。

「なら、さっそくいただこうかね」

升屋の喜三郎が箸を伸ばした。

「次は鱚天《きすてん》などをお持ちしますので」

おきくが笑みを浮かべた。

「締めの蕎麦まで、どうぞごゆっくり」

幸太郎が一礼して下がっていった。

鱚に茄子、海老に南瓜《かぼちゃ》。

天麩羅は次々に揚がった。

「足は大丈夫か？」

いくたびも階段を上り下りして運ぶおきくを幸太郎が気づかった。

「ええ、大丈夫。これくらいなら」

おきくは笑みを浮かべた。

二人の子を亡くして気鬱に陥っていたころに比べると、表情は格段に明るくなった。

明けない夜はない。

いつまでも降りやまぬ雨はない。

悲しみの谷を越えれば、ようやく日が差し、穏やかな風が吹いてきた。

ほどなく、髷を八丁堀風にいなせに結った男が急ぎ足で入ってきた。

「おう、茶を一杯くんな」

そう声をかけたのは、北町奉行所の定廻《じょうまわ》り同心、奥鹿野左近《おくがのさこん》だった。

毎日、おおむね同じ道筋を廻り、変事がないかどうかと目を光らせている。

きく屋は繁華な両国橋《りょうごくばし》の西詰からいくらか離れているが、奥鹿野同心は普通に歩いていても駕籠屋を追い越すと言われる健脚の持ち主だから、涼しい顔をしていた。

「冷たい麦湯もございますが」

おきくが水を向けた。

「そうだな、そのほうがいいな。くんな」

奥鹿野同心は軽く身ぶりをまじえた。

芝居の脇役なら充分につとまりそうなご面相で、しぐさにも色気がある。

「承知しました」

おきくはすぐさま動いた。

二階のほうからにぎやかな声が響いてきた。

「今日はご隠居さんたちの講でして」

酒のお代わりを盆に載せた幸太郎が言った。

「そうかい。おれのつらを見たら酒がまずくなるだろうから、顔は出さねえがな」

奥鹿野同心が渋く笑った。

「そんなことはないでしょう。……はい、お待たせいたしました」

おきくが冷たい麦湯を差し出した。

湯桶ごと井戸に下ろして冷やした麦湯だ。夏はこれにかぎるという声も多い。

「ああ、うめえな。一杯だけで力が出るぜ」

廻り方同心はそう言うと、早くもすっと腰を上げた。

「お気をつけて」

おきくが送り出す。

「おう、邪魔したな」

さっと右手を挙げると、奥鹿野同心はもう早足で歩きだした。

五

講はなごやかに続き、締めの蕎麦を運ぶ段になった。

幸太郎とおきくが慎重に大きな盆を運ぶ。

「お待たせいたしました」

「蒸籠《せいろ》蕎麦でございます」

きく屋の二人が掛け合うように言った。

「おお、来た来た」

「きく屋は蕎麦もおいしいからね」

「そこらの蕎麦屋じゃ太刀打ちできないから」

だいぶきこしめして上機嫌な出席者たちが言った。

「これは治平《じへい》さんの蒸籠だね。すぐ分かるよ」

地本問屋の隠居、武蔵屋佐吉が笑みを浮かべた。

「はい。いい職人さんをご紹介いただきまして」

蒸籠蕎麦を置きながら、幸太郎が言った。

「へえ、武蔵屋さんの紹介なんだね」

蔦屋の半兵衛が言った。

「網代《あじろ》模様がとてもきれいなので、見ているだけで落ち着きます」

おきくはそう言って、蕎麦つゆを置いた。

「わたしの将棋仲間でしてね。うちと仕事場が近いから」

佐吉が言った。

「ああ、そうなんだ。いろいろ縁がありますな」

升屋の喜三郎が笑みを浮かべた。

「そうそう。治平さんはそのうち、こちらにおもいで料理をお願いしたいと」

武蔵屋の隠居が言った。

「それはぜひ。お待ちしておりますので」

幸太郎が頭を下げた。

「あまり楽しい話では……」

佐吉はあいまいな表情になった。

「あ、いや、わたしがあれこれ言うことはないね。本人に改めて伝えておくよ」

武蔵屋の隠居は温顔に戻って言った。

「承知いたしました。では、ごゆっくり」

おきくは一礼して下がっていった。

「さあ、いただきますかね」

半兵衛が箸を伸ばした。

「いただきましょう」

喜三郎も続く。

ほどなく、ほうぼうで蕎麦を啜《すす》る小気味いい音が響きはじめた。

「しっかり腰が残っていてうまいね」

「かといって、田舎蕎麦みたいに太すぎない」

「つゆも申し分ないですな」

「この蒸籠で食せば、さらにうまいです」

好評のうちに、きく屋の蕎麦はきれいに平らげられた。

六

評判がよかったので、翌日も蕎麦を打った。

のれんを出してほどなく、着流しの武家がのれんをくぐってきた。

「あっ、森繁《もりしげ》さま、いらっしゃいまし」

おきくの声が弾んだ。

「おう」

いなせに右手を挙げたのは、森繁右京《うきょう》と名乗る武家だった。

これは仮の名で、その正体は美濃前洞《みのまえぼら》藩主の新堂大和守守重《しんどうやまとのかみもりしげ》だ。上屋敷が大川端に近い藩主は、折にふれてお忍びできく屋ののれんをくぐる。

「いらっしゃいまし。暑気払いに蕎麦はいかがでしょう」

幸太郎が水を向けた。

「素麺ではなく、蕎麦か」

お忍びの藩主がたずねた。

四十路に入ったいまも、若い時分から評判だった男の色気はいささかも衰えていない。

「さようでございます。今日は御膳粉《ごぜんこ》で打ったのど越しのいい白い蕎麦なので、暑気払いになろうかと」

幸太郎が言った。

「なるほど。ならば、もらおう。天麩羅もつけてくれ」

森繁右京と名乗る武家が所望した。

「承知いたしました。海老と鱚、それに茄子でよろしゅうございますか」

幸太郎が問うた。

「それだけあれば充分だ」

快男児が白い歯を見せた。

　参勤交代のない在府大名ゆえ、領地は美濃だが言葉に訛りはない。苛斂誅求《かれんちゅうきゅう》などとは無縁の藩主で、殖産興業につとめ、国元では参勤交代をせぬのに名君として崇められている。

「御酒《ごしゅ》とお通しをお持ちしました」

　おきくが盆を運んできた。

　夏向けの冷酒は、涼やかなぎやまんの酒器に入っている。お忍びの藩主が好む器だ。

　お通しは塩を振った揚げ蕎麦と胡桃《くるみ》入りの蕎麦味噌。天麩羅までのつなぎだから、ひとまずはこれでいい。

「おう」

　新堂大和守が軽く右手を挙げた。

「おつぎいたします」

　おきくが酒器を手に取った。

「すまぬな」

　お忍びの藩主がぐい呑みを差し出した。

　渋い色合いの青磁だ。

「……うまい」

きく屋自慢の下り酒を呑み干すなり、森繁右京と名乗る武家が笑みを浮かべた。

「では、お蕎麦と天麩羅をお待ちくださいまし」

おきくが頭を下げた。

「おう。ひと頃に比べると、顔色が良くなったな、おかみ」

着流しの武家が言った。

「いつまでも泣いていたら、笑われますから」

おきくは笑みを浮かべた。

「その心持ちだ」

お忍びの藩主はそう言うと、蕎麦味噌を少し苦そうになめた。

蕎麦と天麩羅が上がった。

幸太郎とおきくが手分けして運ぶ。

「いい蒸籠だな」

美濃前洞藩主はまずそこをほめた。

「腕のいい職人さんがつくってくださったので」

幸太郎が言った。

「天麩羅はあたたかいうちにどうぞ」

おきくはそう言って天つゆを置いた。

大根おろしとおろし生姜、薬味にも抜かりがない。

「箸が迷うな」

いなせな武家はそう言うと、まず末広がりの茄子天を箸でつまんだ。

「どうぞごゆっくり」

「あとで蕎麦湯をお持ちしますので」

きく屋の夫婦は一礼して戻った。

お忍びの藩主の箸は小気味よく動いた。

思い出したようにぐい吞みの酒を吞む。満足げな様子だ。

蕎麦湯が出た。

これもうまそうに吞む。

ほどなく、蕎麦も天麩羅もきれいに平らげられた。

「どちらもうまかった。大川端にきく屋ありだ」

森繁右京と名乗る武家が白い歯を見せた。

「ありがたく存じます」

おきくが頭を下げた。

「料理人冥利に尽きます」

幸太郎も続いたとき、のれんがふっと開いた。

きく屋に姿を見せたのは、思いがけない人物だった。

いまお忍びの藩主が平らげた蒸籠蕎麦。

その蒸籠をつくった職人の治平だった。

第二章　涙の炊き込み飯

一

「今日はおいらのおもいで料理の頼みでうかがいました」

治平が言った。

「武蔵屋さんから耳にしておりました。ようこそお越しくださいました」

おきくが頭を下げた。

「武蔵屋のご隠居さんとは、将棋を指したりして懇意にさせていただいております。あ、これは手付と言うにはささやかなものですが、新たにつくった蒸籠で」

治平が包みを渡した。

「まあ、ありがたく存じます。治平さんの蒸籠はどなたさまにも好評で」

おきくはそう言ってお忍びの藩主のほうを見た。

「そなたの蒸籠で蕎麦をたぐったばかりだが、なかなかに小粋であった」

着流しの武家が言った。

「ありがたく存じます。職人冥利で」

治平が一礼する。

「ならば、おれは両国橋の西詰で芝居見物だ」

森繁右京と名乗る武家がすっと腰を上げた。

おもいで料理の頼みと耳にして、気を利かせてくれたようだ。

「さようでございますか。お次はまた望洋の間ででも」

おきくはいくらかすまなそうに言った。

「おう、また来る」

お忍びの藩主は軽く右手を挙げた。

「お待ちしております」

幸太郎がていねいに頭を下げた。

美濃前洞藩主が去ると、客は治平だけになった。

このあと、少人数の宴の約が入っているが、まだ間がありそうだ。

「では、こちらでお話をうかがいましょう」

幸太郎が一枚板の席を手で示した。

「承知しました」

治平が答えた。

「いまお酒をお持ちしますので」

おきくが笑みを浮かべた。

「肴も運びます」

幸太郎は厨に向かった。

「相済みません。では」

治平はゆっくりと一枚板の席に腰を下ろした。

二

おもいで料理の頼み人はぬる燗《かん》を所望した。

肴は鱚天と枝豆。

それだけあればいいと言う。

ほどなく支度が整った。

「どうぞ」

おきくが酒をついだ。

治平が黙ってうなずく。

大川端は静かだ。歩くのに難儀するほどの風が吹くときもあるが、今日はいたって穏やかだった。

幸太郎が鱚天を揚げだした。

その音だけが響く。

やがて、天麩羅の音が静まりだした。

おきくの酌をやんわりと断り、治平は次の酒を呑んだ。

ふっ、と一つ息をつく。

その様子を見て、幸太郎はまず枝豆を出した。

「お待たせいたしました」

皿を置く。

治平はまた無言でうなずいた。

続いて、天麩羅を仕上げる。

しゃっと油を切り、見栄えよく盛り付けて、天つゆを添える。

これはおきくが運んだ。

「鱚天でございます」

おきくは静かに料理を置いた。

「ああ、ありがたく……」

おもいで料理の頼み人は、少しかすれた声で言った。

治平はまず枝豆を食した。

ゆでた枝豆に塩を振っただけだが、播州赤穂《ばんしゅうあこう》の下り塩を使っているから存分にうまい。

続いて、鱚天に箸を伸ばす。

「うめえのが……」

治平はそう独りごちると、感慨をこめてこう続けた。

「つれえな」

うまいのが、つらい。

何がなしに謎めいた言葉だった。

「つらい、と申しますと？」

いくらか離れたところから、おきくが穏やかな声音でたずねた。

「死んだせがれはもううめえもんを食えねえのに、おのれだけ食ってるのがつれえ、と」

治平は苦い顔つきで答えた。

幸太郎がうなずく。

「では、少しずつで結構ですので、おもいで料理の仔細をお聞かせいただければと」

頃合いと見て、きく屋のあるじが言った。

蒸籠の職人は、もう一杯、酒を呑み干した。

そして、おもむろに語りはじめた。

三

せがれの名は、信平《しんぺい》と言います。

ちょうど二十歳でした。

上に三人おりますが、女ばかりで、頼みの跡取り息子でした。

寺子屋に通いだす時分から、末はおとうの跡を継いで蒸籠づくりの職人になると言ってくれてました。

こんな辛気臭《しんきくせ》えつとめじゃなくて、火消しとか大工とか、もっと華のあるつとめをやんな。

いくたびもそう言ったんですが、おいら、蒸籠づくりが性に合ってる。腕を上げて、一人前の職人になる。

あいつはそう言ってくれました。

こう言っちゃ何ですが、おいらに似て器用なたちでね。竹を曲げたり編んだりするのは年季がいるんだが、わりかた早く勘どころを覚えてくれました。

根も続くほうでね。朝から晩までやらなきゃ品を納められねえときも、文句一つ言わずに手を動かしてました。

こちらでも、蕎麦を盛ったり蒸しものをつくったりする蒸籠を納めさせてもらってますが、年季の要るつとめでね。きれいな曲げ物を仕上げるには、一にも二にも根気でさ。

蒸籠の胴のところをつなげるのには、桜の皮を使います。いい材料を選んで使い、手間暇を惜しまずにつくれば、後々まで使えるいい品になりまさ。

信平のやつ、めきめき腕を上げて、そろそろ桜の皮張りも任せられるかっていうところまで来ました。

そんな矢先だったんですよ。思いがけねえことが起きちまったのは。

治平は言葉を切った。

思い出したように、次の鱚天に箸を伸ばす。

おきくが酒をついだ。

おもいで料理の頼み人が無言でうなずく。

薬研堀《やげんぼり》のほうだろうか、風に乗って、棒手振《ぼてふ》りの売り声が響いてきた。

よく通る声だが、何をあきなっているかは分からない。

「肝心の話をしねえと」

そう独りごちると、治平は鱚天の残りを口に運んだ。

「時はたんとありますので、どうぞごゆっくり」

幸太郎が穏やかな声音で言った。

頼み人はうなずくと、鱚天を静かに胃の腑へ落としていった。

箸を置き、猪口の酒を干す。

せがれを亡くした蒸籠の職人はまた続きを語りだした。

四

大豆と油揚げの炊き込み飯は、せがれも好物でした。

ほかに、牛蒡《ごぼう》やひじきが入ったりしまさ。

おいらはめったに厨に入らねえんだが、せがれが食いたいって言ったんで、つくってやることにしました。

かかあが体の具合を悪くしたことがあって、炊き込み飯のつくり方を教わって、代わりによくつくってました。油揚げが味を吸ってうめえんで。ちょいとお焦げをつくってやると、香ばしくてまたうまくてね。

で……。

あのときは、仕事をしながら、せがれがふと言ったんでさ。

「炊き込み飯を食いてえな、おとう」って。

それを聞いて、ふと妙な心持ちがしたのを憶えてまさ。

ただ……どうして妙な心持ちがしたのか、答えに思い当たったのはだいぶ経ってからのことで。

「なら、久々につくってやろう」

おいらがそう言うと、せがれは喜びました。

「実を言うと、おっかあよりおとうがつくった炊き込みご飯のほうが好きなんで」

あのときの笑顔が、いまだにありありと浮かんできまさ。

かかあに伝えたら、楽ができるから多めにつくっておいてという返事でした。

そんなわけで、豆を水につけるところから仕込んで、なじみの豆腐屋から油揚げを仕入れました。

気を入れてつくったら、だいぶ多めになっちまいましてね。でもまあ、せがれは食うほうだし、三日もありゃあなくなるだろうと高をくくってました。

仕事にひと区切りついたので、せがれは湯屋へ向かいました。炊き込みご飯だけじゃ膳にならねえから、かかあと一緒に味噌汁をつくりました。豆腐と油揚げと葱だけの味噌汁でさ。

あとは干物をあぶって、一緒に飯を食って、酒を呑むつもりでした。

そう、あいつと一緒にね。仕事の話もあったんで。

それが……。

湯屋から知らせがあったんでさ。

せがれの呑み仲間で、錺職《かざり》の源太《げんた》が、血相を変えて長屋へ飛びこんできました。

「大変《てぇへん》だ。信平が湯屋で倒れやがった」

あのときの源太の声は、いまでも耳の底にこびりついてまさ。

湯屋ですべってこけたのか。

おいらはとっさにそう思いました。

腕の骨でも折ったら、仕事に差し支えるから大事《おおごと》だ。

そうも思いました。

もしそうだったとしたら、どんなによかったことか。

心底そう思いまさ。

そこで言葉がとぎれた。

きく屋は閑《しん》と静まった。

風の音も響かない。

おきくは幸太郎のほうを見た。

「鰭ばかりでなく、甘藷《かんしょ》なども揚げられますが」

それと察して、きく屋のあるじが言った。

「いや……胸が一杯で」

頼み人はそう言うと、次の酒を呑み干した。

お代わりにはまだ間がある。

おきくと幸太郎は治平の次の言葉を待った。

「何にせよ……」

蒸籠づくりの職人は、何かを思い切るように続けた。

「起きちまったことは仕方がねえ。時は元へ戻らねえんで」

治平は首を横に振った。

そして、またおもむろに語りはじめた。

五

いまでも、ときどき夢を見まさ。

信平が湯屋で倒れたけど、幸いかすり傷だったたっていう夢でさ。

ああ、よかった。

冷や汗をかかせやがって……。

そう安堵したのは束の間で、すぐうつつに引き戻されて、嫌な汗をかいたものでした。

源太と一緒に湯屋へ行ったときのことは、おぼろげにしか憶えてません。

憶えたくねえって、おいらの心が思ったんでしょう。

水をかけたり、胸を圧したり、せがれが息を吹き返すように、みな一所懸命にやってくれたそうですが、あいつが目を覚ますことはありませんでした。

医者も呼んでくれました。

先生が首を横に振ったときのことは、そこだけありありと憶えてまさ。あのときは、背筋に冷てえ汗がずいぶん流れたもんでした。

心の臓の差し込み。

先生の診立てはそうでした。

人ってのは、あっけねえもんで。

昼間は一緒につとめをしてて、話をして、笑ってたやつが、ころっと倒れて仏さんになっちまいやがった。

親のおいらより先によう……。

神も仏もねえもんかと思いましたさ。

治平は目元に指をやった。

言葉がとぎれる。

おきくは静かに酒をついだ。

わが子を続けざまに亡くしたあとの、胸がうつろになるような感じがふとよみがえってきた。

きく屋のおかみは、胸にこみあげてくるものをぐっとこらえた。

おもいで料理の頼み人は、少し間を置いてから猪口の酒を呑み干した。

そして、話を続けた。

で、通夜になりました。

長屋の衆が来てくれて、いろいろ世話を焼いてくれました。かかあは泣くばっかりで何もできねえんで。無理もねえ話ですが。

身内も来て、いろいろ話をしました。しゃべってると気がまぎれるんでさ。ほんのいくらかでも。

やっと泣きやんだかかあが、通夜振舞《つやぶるまい》の支度を始めました。出せるものは、酒と茶と、多めに炊いた炊き込み飯だけでさ。

通夜の客にかかあが勧めてましたが、だれも食やしません。そりゃそうでさ。験の悪いとこで飯なんか食ってられねえ。

源太をはじめとする仲のよかった者が酒を呑んだくらいでね。そいつらがわんわん泣くもんで、おいらもたまんなくなっちまってね。

で……。

通夜の客がいなくなったら、おいらとかかあだけでさ。

せがれはいるけど、もうしゃべらねえ。起き上がることもねえ。

こりゃあ、夢じゃねえか。

そのうち、「ああ、よく寝た」って言って、むくむくと起き上がるんじゃねえか。

いくたびもそう思いましたさ。

出るのはため息ばかりでね。まったく、えれえことになっちまった。

そのうち、ふと妙な感じになりました。

それが何か、音がしたんで思い当たったたんで。

何のことはねえ、おいらの腹が鳴りやがったんで。

悲しいもんでさ。

いちばん大事なせがれがあの世へ行っちまった晩でも、腹は減る。

それが人ってやつで……。


ここでまた言葉がとぎれた。

おきくと幸太郎の目と目が合った。

おきくはゆっくりとうなずいた。

そして、口を開いた。

六

「それが、おもいで料理なんですね？」

おきくが訊いた。

治平は感慨深げにうなずいた。

今度は幸太郎が酒をつぐ。

跡取り息子を亡くした父は、少し間を置いてから呑み干した。

「そうなんで」

蒸籠づくりの職人が答えた。

「あの晩は、かかあと二人で、泣きながら食いましたよ、大豆と油揚げの炊き込み飯を」

治平は続けざまに瞬きをしてから続けた。

「もとはと言やあ、あいつが食いたいって言ったんでさ。それで多めにつくってやった炊き込み飯を、あいつはひと口も食うことなく、仏さんになっちまいやがった。おいらが食ってどうするんだ。そう思いましたが、腹が減るもんは仕方がねえ。頼みの跡取り息子が死んだ晩も、腹は減りやがる。それが人ってもんで」

おもいで料理の頼み人は一気に言った。

「もちろん、味なんて分かりゃしません。ただ胃の腑に入れてるだけでね。ただ……」

治平はそこで言葉を切った。

手拭で目を覆い、しばらくこらえる。

頼み人が次の言葉を発するまで、きく屋の夫婦は待った。

やがて、低い嗚咽が止んだ。

「あいつがこれを食っていたらと思うと、たまんなくなっちまいましてね」

まだかすれた声で、治平は言った。

「『うめえな、おとっつぁん』そう言う声まで聞こえてきたもんでさ。あいつはそう言いながらいつも炊き込み飯を食ってたもんでね」

息子を亡くした蒸籠職人は、赤くなった目で言った。

「では、その炊き込み飯をおつくりします」

幸太郎が引き締まった顔つきで言った。

おきくもうなずく。

「お願いしまさ」

治平は頭を下げてから続けた。

「あれから、いっぺんも食ってねえんで。大豆と油揚げだけじゃねえ。茸とか、牛蒡とか、しょっちゅう食ってたのに、食えなくなっちまいましてね。つくる気にもならねえ。せがれが死んだ日のことを思い出しちまうんで」

蒸籠づくりの職人は、しみじみとした口調で言った。

「おもいで料理は、大豆と油揚げでよろしゅうございますね？」

幸太郎が念を押すようにたずねた。

「あのときの炊き込み飯で」

治平はすぐさま答えた。

「かかあも食いてえと言ってまさ。つくる気にはなれねえけど、もういっぺん食ってみてえと」

頼み人の表情が少しやわらいだ。

「それはぜひ、お待ちしております」

おきくは笑みを浮かべた。

その後は日取りを決めた。

いまは亡き跡取り息子の月命日に、おもいで料理がふるまわれることになった。

「話が決まったら、腹が減ってきましたな」

治平が言った。

「では、甘藷の天麩羅を揚げましょう。甘みのあるいい甘藷なので」

きく屋のあるじが笑顔で言った。

「なら、いただきまさ」

治平も笑みを返した。

「御酒のお代わりはいかがでしょう」

おきくが問う。

「ああ、それも」

おもいで料理の頼み人は軽く右手を挙げた。

ややあって、厨からいい音が響いてきた。

甘藷の天麩羅を揚げる音だ。

「お、だんだん火が通ってきたな」

その音を聞いていた治平が言った。

「天麩羅が教えてくれますから」

幸太郎が言った。

火が通るにしたがって音が変わる。天麩羅が揚がり具合を教えてくれる。

酒が来た。

「どうぞ」

おきくがついだ。

軽く手刀を切ってから、治平は酒を呑み干した。

ほどなく天麩羅が揚がった。

「おう、来た来た」

治平はさっそく箸を取った。

黄金色に揚がった甘藷の天麩羅を天つゆにつけ、口中に投じ入れてさくっとかむ。

「いかがです?」

おきくが問うた。

「うめえな、揚げたては」

おもいで料理の頼み人は満足げに答えた。

「おもいで料理の炊き込み飯だけではいささか寂しいので、その日にも天麩羅などを」

幸太郎が言った。

「そりゃ、ありがてえ。かかあにも言っときまさ」

蒸籠づくりの職人はそう言うと、次の甘藷の天麩羅に箸を伸ばした。

第三章　鱚天の色

一

その日が来た。

大川端のきく屋に、おもいで料理の頼み人がやってきた。

蒸籠職人の治平は、女房のおそめとともにのれんをくぐってきた。

それればかりではない。嫁いで久しい娘のおちかの姿もあった。亡き信平の姉に当たる。

「お待ちしておりました」

おきくがていねいに頭を下げた。

「娘に知らせたら、来たいって言うもんで」

治平がおちかのほうを手で示した。

「お世話になります」

髷を島田にきれいに結ったおちかが一礼した。

「本日はよろしゅうに」

いくらか硬い顔つきで、おそめも続く。

「お二階にご案内いたします」

おきくが身ぶりをまじえた。

「ながめのいい望洋の間で、おもいで料理を召し上がってくださいまし」

幸太郎が笑みを浮かべた。

望洋の間へ上がるのは、頼み人の治平も初めてのようだった。

「こんな広間でいいんですかい？」

治平は驚いたように訊いた。

「今日は宴もありませんので、貸し切りで」

幸太郎は答えた。

「まず御酒とお茶をお持ちしますので」

おきくが言った。

「なら、せがれの分も頼みまさ」

治平が言った。

「あの子の陰膳も据えてやろうと」

感慨深げな面持ちで、おそめが言った。

「いろいろ持ってきてやったんで」

おもいで料理の頼み人が渋く笑った。

「さようですか。きっと喜ばれると思います」

おきくも笑みを返した。

二

故人が愛用していた鉋《かんな》と煙管、それに猪口。

大切な品が膳に据えられた。

「大川がよく見えるな、信平」

心もち目を細くして、治平が言った。

「ほんと、初めて来たけど、行き交う船もよく見えて」

おちかがそう言って瞬きをした。

「信平のおかげだねえ」

おそめがしみじみとした口調で言った。

「あいつと一緒に……いや、湿っぽくなっちゃいけねえ」

治平は言葉を呑みこんだ。

この景色を、あいつと一緒にながめたかった。

頼み人が思っていることは、女房と娘にすぐさま伝わった。

盆が運ばれてきた。

まずは酒と茶だ。

治平の前に徳利。それに、猪口が二つ。

おそめとおちかには茶が出た。土瓶も置かれる。

「おもいで料理をお持ちしてもよろしいでしょうか」

おきくがたずねた。

「そうですな。気を持たせてもしょうがねえんで」

治平が渋く笑った。

「承知しました。では」

おきくは一礼して下がっていった。

炊き込み飯はとうにできている。きく屋の二人は手早く支度を整えてお櫃《ひつ》と茶碗を望洋の間に運んだ。

「せがれの分からよそってやってくだせえ」

頼み人が陰膳を手で示した。

「承知しました」

おきくはうなずくと、杓文字《しゃもじ》で炊き込み飯をすくって茶碗に盛った。

「いい香りね」

おちかが言った。

「お豆も油揚げも入ってる」

おそめが覗きこむ。

「どうぞ」

おきくは両手でていねいに茶碗を陰膳に置いた。

「お櫃には多めに入っておりますので」

幸太郎がそう言って、残る三膳を順に盛っていった。

「どうぞごゆっくり。何かありましたらお声がけを」

おきくが笑みを浮かべた。

「ああ、すまねえこって」

治平が軽く両手を合わせた。

「あとで天麩羅を揚げさせていただきますので」

幸太郎が腰を上げた。

おきくも続く。

「楽しみにしてます」

頼み人の女房が表情をやわらげた。

「では、ひとまずこれで」

きく屋の二人は、望洋の間から一階へ下りていった。

三

「ああ、思い出した」

大豆と油揚げの炊き込み飯を食した治平が言った。

「この味ね」

おそめも和す。

「うちのより上品かも」

じっくり味わってから、おちかが言った。

「そうだな。うちはもうちょっと味が濃い」

治平がうなずいた。

「お料理屋さんだから、品のいい味付けで」

と、おそめ。

「これはこれでうめえがな」

おもいで料理の頼み人の箸がまた動いた。

「久しぶりだから、とくにおいしく感じるかも」

おそめが言った。

「久しぶりか……そうだな」

少し考えてから、治平は答えた。

言葉がとぎれた。

大川の上手《かみて》から下手《しもて》へ、荷を積んだ舟がゆるゆると進んでいく。

船頭が櫓をこぐ動きがかすかに見えた。

「おう、食ってるか？」

治平が思い出したように言った。

声をかけたのは、信平の陰膳だ。

「おいしいって」

女房が言う。

「おめえの好物だったからよ」

治平はそう言うと、猪口の酒をくいと呑み干した。

「これからもつくる？」

おそめが問うた。

「そうだな。あの日を思い出すから、つらくて食えねえかと思ってたが、ちゃんと食えるや。そりゃそうだ。通夜の晩でも腹が減って食っちまったんだからよ」

蒸籠づくりの職人はそう答えると、また炊き込み飯に箸を伸ばした。

「代わりに食べてやって」

よそへ嫁いでいるおちかが言った。

「また陰膳でね」

おそめがわずかに笑みを浮かべた。

「そうだな」

治平はまたいくらか炊き込み飯を食してから箸を止めた。

陰膳の湯呑みの酒を少し啜り、酒器に手を伸ばす。

「……呑め」

と、父は言った。

湯呑みの酒が旧に復した。

おそめが目元に指をやる。

また言葉がとぎれた。

四

一階の一枚板の席には客の姿があった。

蔦屋の隠居の半兵衛だ。お付きの手代の新吉もいる。

「おもいで料理をしみじみと味わっているところだね」

話を聞いた半兵衛が言った。

得意先廻りの途中で、小腹が空いたからと立ち寄ってくれた。おもいで料理の炊き込み飯がまだいくらか余っていたから、一枚板の席の客にも供したところだ。

「ええ。喜んでいただければいいのですが」

おきくが笑みを浮かべた。

「おいしゅうございます」

さっそく味わった新吉が満面の笑みで言った。

「おまえが喜んでどうする」

半兵衛がややあきれたように言った。

「へえ、すみません」

手代が髷に手をやった。

「いやしかし、いい味だね。大豆がぷっくりだ」

蔦屋の隠居が満足げに言った。

「そろそろお二階に天麩羅もと思っているのですが」

幸太郎がそこはかとなく水を向けた。

「いや、腰を据えるわけにもいかないのでね。これをいただいたらすぐ出るよ」

半兵衛は茶碗をついとかざした。

ここで人の気配がした。

「あっ、先生」

おきくの表情がぱっと晴れた。

きく屋ののれんをくぐってきたのは、戯作者の乗加反可だった。

「ちょうどいまおもいで料理で」

幸太郎が伝えた。

「ああ、間に合ってよかった」

乗加反可は髷に手をやった。

「ということは、かわら版の取材ですかい？」

蔦屋の隠居がたずねた。

「ええ、せっかくなので」

多芸多才の男が答えた。

ほどなく、蔦屋の主従は腰を上げ、きく屋から出ていった。

「そろそろ終《しま》いですが、おもいで料理の炊き込み飯をいかがでしょう」

幸太郎が水を向けた。

「それは、舌だめしをしておかないと」

乗加反可がすぐさま答えた。

「では、わたしはお二階の様子を」

おきくが動いた。

「そうだな。そろそろ天麩羅はどうかと訊いてきておくれ」

と、幸太郎。

「承知で」

おきくは短く答えて階段に向かった。

五

「いかがでございましたか？」

望洋の間に至ったおきくがたずねた。

「間違いなく、おもいで料理で」

治平が感慨深げに答えた。

「おいしくいただきました」

おそめが頭を下げた。

「さようですか。それは良うございました」

おきくは笑みを浮かべた。

「さすがに食い切れませんでしたが」

おもいで料理の頼み人がお櫃のほうを手で示した。

「お持ち帰りもできますが」

おきくが言う。

「だったら、折詰にしていただければと。うちの子たちにも食べさせたいので」

三人の子がいるおちかが言う。

「承知しました。冷めてもおいしいと思いますので」

おきくは笑顔でうなずいてから続けた。

「なら、陰膳の続きで、うちにも少し」

治平が言った。

「では、取り分けさせていただきます。それから、そろそろ天麩羅はいかがでしょう。御酒とお茶のお代わりもお持ちいたしますが」

おきくが水を向けた。

「ああ、いいですな」

治平はすぐさま答えた。

「まだ胃の腑に入るので」

おそめが帯に手をやった。

「では、厨に伝えてまいります」

おきくは一礼してから腰を上げた。

「あら」

階段を下りかけたところで、おきくは短く声をあげた。

松太郎とおはな。

猫のきょうだいがちょうど競うように上ってきたのだ。

「お客さまのお相手をお願いね」

きく屋のおかみが言った。

「みゃ」

松太郎が心得たとばかりに短くないた。

六

鯛と鱚の天麩羅が揚がった。

二階へはおきくが運び、一枚板の席には幸太郎が揚げたてを出す。

「まずは鱚を食べてから」

乗加反可が箸を伸ばした。

一枚板には帳面と矢立が据えられている。かわら版に載せるべく、おもいで料理の取材をする支度は整っていた。

炊き込み飯の舌だめしはもう終えていた。

味濃からず薄からず
豆も油揚げも美味なり

乗加反可はさっそくそうしたためていた。

「では、お出ししてきます」

おきくが盆を運びはじめた。

「ああ、頼む」

幸太郎が声をかけた。

「頃合いを見て行きますので」

乗加反可が言った。

「承知しました」

おきくはそう答えると、慎重に階段を上りだした。

戯作者が鱚天を口に運んだ。

「うん、うまい」

満足げにうなずく。

その様子を見て、幸太郎が表情をやわらげた。

「鱚は春から夏にかけて、ずっとうまいですから」

きく屋のあるじが言った。

「これも江戸の味だね」

乗加反可が言った。

「まさにそのとおりで」

幸太郎がすぐさま言った。

「色合いもいい。鱚には喜ぶの『喜』という字が入っているけれど、まさに喜びの色だ」

戯作者が笑みを浮かべた。

ややあって、おきくがまた階段を下りてきた。

「取材はいつでもどうぞということで」

きく屋のおかみが伝えた。

「なら、天麩羅を食べ終わったら」

乗加反可が答えた。

「その前に、お茶と御酒のお代わりを」

幸太郎が支度にかかった。

ほどなく、段取りが整った。

七

「すっかりなついてしまって」

おちかがそう言って、ひざに乗せた猫をなでた。

松太郎だ。

「ああ、すみません」

天麩羅と天つゆを据えながら、幸太郎が言った。

「いえいえ、かわいいので」

おちかが笑みを浮かべる。

「もう一匹も寄ってきたわよ」

おそめが指さした。

わたしも、とばかりに、おはなも寄ってきた。

「じゃあ、代わりにね」

おちかは松太郎を畳に下ろすと、おはなを抱っこしてひざに乗せた。

「まあ、いいわね」

酒と茶を運んできたおきくが笑みを浮かべた。

「よしよし」

おちかが首筋をなでてやると、おはなは気持ちよさそうにのどを鳴らしだした。

「多めに揚げましたので、陰膳にも」

幸太郎が天麩羅を手で示した。

「ああ、供えてやってくださいまし。あいつは鱚天も好物だったんで」

治平が感慨深げに言った。

「承知しました」

幸太郎は陰膳に鱚天を据えた。

「どうぞ」

おきくは酒をついだ。

「こりゃすまねえ」

頼み人は軽く手刀を切ると、猪口の酒を一気に呑み干した。

ここで戯作者が姿を現した。

「少しばかり、おもいで料理のお話を聞かせていただければと。どうぞ召し上がりながらで」

慣れた口調で言うと、乗加反可は帳面と矢立を座敷に置いた。

「大した話はできませんが」

そう前置きすると、治平はいくらか思案してから続けた。

「せっかくつくってもらったのに、胸が詰まって食えなかったらどうしようかと案じてたんですが、まあ普通に食えました。そりゃそうでさ。あいつが死んだ晩だって、腹が減って食っちまったんですから」

蒸籠づくりの職人はわずかに苦笑いを浮かべた。

「とってもいいお味で」

おそめが控えめに言った。

「おもいでの味でしたでしょうか」

筆を走らせながら、乗加反可がたずねた。

「うちのよりは上品でしたが、たしかに、あいつも好きだった炊き込み飯で」

治平はそう言って陰膳を見た。

その炊き込み飯だけ、減っていなかった。隣には鱚天も据えられている。大川を背景にすると、その色合いがさらに引き立つ。

「……おいしい」

鱚天を口に運んだおちかが言った。

「じゃあ、わたしも」

おそめも続く。

「おめえの代わりに食ってやらあ」

陰膳に目をやると、頼み人も鱚天に箸を伸ばした。

それを見て、おきくは静かに腰を上げた。

あとは乗加反可と幸太郎に任せておけばいい。

階段に向かうと、松太郎もついてきた。

「えらかったわね、お客さまのお相手をして」

おきくが猫の労をねぎらった。

「うみゃ」

松太郎がどこか得意げにないた。

八

おもいで料理の披露は滞りなく終わった。

治平、おそめ、おちかの三人は帰り支度を整えて一階に下りた。

治平は包みを提げている。中身は炊き込み飯の残りと鱚天を入れた折詰だ。

「なら、いただいて帰りまさ」

治平が包みをついとかざした。

「陰膳に供えてやります」

おそめが笑みを浮かべた。

「本日はありがたく存じました」

おきくがていねいに頭を下げた。

「おもいで料理とはべつに、またお越しくださいまし」

幸太郎が言った。

「蒸籠の追加をいただいたんで、気張ってつくって、また届けがてらうめえもんを食わせてもらいまさ」

治平が薄紙一枚剝がれたような顔つきで言った。

蕎麦を盛る蒸籠ばかりでなく、蒸し物に使うものも、きく屋から何点か発注した。

「うちもいつか子連れで来ます」

おちかが言った。

「それはぜひ、お待ちしております」

おきくが笑顔で言った。

「かわら版ができたら届けますので」

乗加反可が言った。

「いやいや、買いますよ」

治平が右手を挙げた。

「話を聞かせてもらったおかげで書けるんですから、それは御礼がてらお届けしますよ、きく屋さんにも」

見かけよりきちっとしている戯作者が言った。

「すまねえこって」

おもいで料理の頼み人が軽く両手を合わせた。

「楽しみにしております」

おそめも頭を下げた。

「あら、お見送り？」

おちかが猫に言った。

名残惜しそうに、おはなが脚に身をすりつけてくる。

「また来るからね」

おそめが笑みを浮かべた。

「よしよし」

おちかが首筋をなでると、いまは亡ききく屋の娘の名を襲った猫は気持ちよさそうにのどを鳴らした。

「なら、おもいで料理はこれで終いということで」

治平が右手を挙げた。

「ありがたく存じました」

幸太郎がていねいに頭を下げた。

「またお越しくださいまし」

おきくも続く。

「ああ、また来ますよ」

治平がすぐさま言った。

「お待ちしております」

きく屋の夫婦の声がそろった。

九

いい風が吹いていた。

きく屋を出た三人は、大川端をゆっくり歩きだした。

「あいつがいねえ、あいつがいねえと、毎日泣き暮らしてたが……」

治平はそこで言葉を切った。

大川のほうをちらりと見る。

この土手からは、もう川面は見えない。

「いるな」

治平がぽつりと言った。

「このへんにいますよ、あの子は」

おそめが身ぶりをまじえた。

「心の中にもいるわね」

おちかがしみじみと言った。

「そうね」

母がうなずく。

「あそこにもいらあ」

治平は空を指さした。

日はまだ高い。

空の青さが目にしみるかのようだった。

「いるわね」

おそめがうなずく。

「見守ってくれてるから」

おちかが瞬きをした。

白い羽の鳥が一羽、大川のほうへ羽ばたいていった。

おもいで料理の家族が、その影をじっと見送る。

「帰ったらまた一杯だな」

治平が何かを思い切るように言った。

「そうね。折詰もあるから」

おそめが言った。

「おう、一緒に呑むぜ」

跡取り息子を亡くした父が包みをかざした。

「鱚天を陰膳に」

おそめが言う。

「あっ、また鳥」

おちかが指さした。

先ほどと同じ鳥なのかどうか、一羽の白い鳥が羽ばたいてきた。

「帰るぜ」

治平がぽつりと言った。

鳥がひとしきり空を舞う。

その影を、おもいで料理の頼み人は、なおしばし感慨深げに見守っていた。

第四章　素麵と田楽

一

しばらく経った。

大川端の夏草はさらに濃く、日の光を受けるとまばゆいばかりになった。

そんなある昼下がり、戯作者の乗加反可と、北町奉行所の廻り方同心、奥鹿野左近がつれだってきく屋にやってきた。

もっとも、ずっとともに歩いてきたわけではない。健脚の奥鹿野同心が前を行く戯作者にいともたやすく追いつき、たまたま一緒になっただけだった。

「遅くなりましたが、できましたよ、かわら版」

乗加反可が刷り物を取り出した。

「ああ、ありがたく存じます」

幸太郎が頭を下げた。

「何でえ、かわら版って。……お、麦湯を一杯くんな」

奥鹿野同心はいなせなしぐさをした。

「おもいで料理のことを紹介していただけることに。素麺も冷えてますが、いかがでしょう」

幸太郎が水を向けた。

「そう言われたら食いたくなるな。軽めにくんな」

奥鹿野左近は白い歯を見せた。

「承知しました」

幸太郎は笑みを返した。

「ちょいと見せてくれ」

同心が手を伸ばした。

「はい」

乗加反可が刷り物を渡した。

「どうぞ」

おきくが冷たい麦湯を運んできた。

素麺もそうだが、井戸に下ろしているから存分に冷えている。

「おう。なら、読んでやろう」

それと察して、奥鹿野同心が言った。

「お願いします」

おきくが軽く頭を下げた。

髷に挿した藤のつまみかんざしがわずかに揺れる。

麦湯をひと口啜り、のどの具合を調えてから、奥鹿野同心はかわら版を読みはじめた。

こんな文面だった。


大川端のきく屋は、大川の流れをながめながら酒肴を味はえる料理屋なり。

この隠れた名店にて、おもひで料理なるものがふるまはれてゐをり。

客の大切なおもひでの料理をば、苦労して再現して好評を得たり。

さて、今般のおもひで料理の頼み人は、蒸籠づくりの職人の治平なりき。治平には頼みの跡取り息子の信平がをりしが、あらうことか、信平は急な心の臓の差し込みにて世を去れり。まことにもつて悲しむべき逆縁なり。

さやうなことになるとは知る由もなく、信平の好物の大豆と油揚げの炊き込み飯を多めに炊いてゐをり。頼みのせがれが急死した晩も、治平はやむなくその飯を食へり。まさしく「なみだ飯」なり。

あまりにもつらきおもひでにて、その後炊き込み飯は食へざりき。そのおもひで料理をせがれの陰膳にも据ゑるべく、治平はきく屋に所望せり。

治平と女房、さらに亡き信平の姉は、しみじみとおもひで料理を食せり。

ひと区切りつきし向後は、折にふれて炊き込み飯が膳に上るらん。それはもはやなみだ飯にあらず。故人をしのぶおもひで飯なり。善哉《よきかな》善哉。

「これで終わりだ」

奥鹿野同心が刷り物を返した。

「ありがたく存じました」

おきくが受け取る。

「治平さんに届けたら、涙ぐんでおられましたよ。書いた甲斐がありました」

乗加反可が言った。

「さすがの名調子だったな」

奥鹿野同心がそう言って麦湯を啜った。

ここで素麵が出た。

「あとでやつがれにも頂戴できれば」

戯作者がややおどけた口調で言う。

「はい、承知で」

幸太郎がすぐさま答えた。

「さっそく食って、またつとめだ」

奥鹿野同心が箸を取った。

涼やかな青い椀に素麵が盛られている。薬味はおろし生姜と刻み葱。これだけでいい。

薬味を添え、つゆにたっぷりつけると、廻り方同心はいい音を立てて啜った。

「うめえ……やっぱり夏は素麵だな」

奥鹿野同心が白い歯を見せた。

二

講の面々が望洋の間に集まってきた。

馬喰町の木綿問屋、蔦屋の半兵衛。

大伝馬町の木綿問屋、升屋の喜三郎。

馬喰町の糸物問屋、上総屋の仁左衛門。

通塩町の地本問屋、武蔵屋の佐吉など、身代を跡継ぎに譲った隠居たちが寄合がてらきく屋の酒肴を楽しむ集まりだ。

楽隠居とはいえ、長年培ってきた顔というものがある。得意先廻りも欠かさない面々にとってみれば、講で交わすよもやま話があきないに役立つことがしばしばあった。

その講に、今回は新たな顔が加わった。

日本橋通《にほんばしとおり》一丁目の醤油酢問屋、大黒屋《だいこくや》のあるじの勘兵衛《かんべえ》だ。書物が好きで武蔵屋の上得意だということから誘いを受け、初めてきく屋ののれんをくぐってきた。

「あきないもあるので、毎度、顔を出すわけにもいきませんが、どうぞ今後ともよろしゅうに」

福耳の男がていねいに頭を下げた。

「そりゃ、わたしらみたいな隠居じゃないからね、大黒屋さんは」

武蔵屋の佐吉が笑みを浮かべた。

「こちらこそよろしゅうに」

「ご無理のないように」

講の両大関と言うべき蔦屋半兵衛と升屋喜三郎が言った。

ここで酒肴が運ばれてきた。

冷や酒に燗酒。どちらか好みのほうを選ぶ。

肴は鮎の背越しに蓴菜《じゅんさい》、暑気払いになる料理だ。

「田楽もお持ちしますので」

おきくが笑みを浮かべた。

「きく屋さんの名物料理だから」

半兵衛が温顔で言った。

「田楽は好物なので」

初めて来た大黒屋勘兵衛はそう言うと、やおらふところを探った。

「実は、これを持ってまいりましてね」

取り出したのは、一枚の刷り物だった。

例のかわら版だ。

「おもいで料理のかわら版ですね」

燗酒を所望した客に酒をつぎながら、幸太郎が言った。

「さようです」

大黒屋のあるじがうなずく。

「何かおもいで料理がございましたら、おつくりいたしますので」

おきくが如才なく言った。

「おもいで料理を……」

勘兵衛はややあいまいな顔つきで黙りこんだ。

「心当たりはあるのかい、大黒屋さん」

升屋の喜三郎が問うた。

「い、いや、そういうわけでは……」

大黒屋のあるじはあわてて答えた。

「もしご所望でしたら、お話を聞かせていただければ、心をこめて何でもつくらせていただきますので」

幸太郎が歯切れよく言った。

「さようですか……では、その節は」

まだいくらか煮えきらぬ様子で、勘兵衛は答えた。

ややあって、田楽が運ばれてきた。

大川端　菊屋

かつての屋号が記された、年季の入った木箱に平串を刺した田楽が並んでいる。

「いい香りですな」

「夏でもこれをいただかないと」

講の面々が言う。

「お櫃にご飯も入っておりますので」

おきくが手で示した。

取り分けるための茶碗と杓文字も添えられていた。

「では、あとで軽くいただきますかな」

蔦屋の半兵衛が言った。

田楽に手が伸び、酒がすすむ。

「ああ、ちょうどいい焼き加減です。田楽味噌もうまい」

大黒屋のあるじの表情がやわらいだ。

「飯もどうだい、大黒屋さん」

武蔵屋の隠居が水を向けた。

「では、軽く頂戴します」

初めて講に来た男が白い歯を見せた。

三

いくらか経ったある日——。

きく屋の望洋の間に掛け軸が並んだ。

折にふれて催される谷文晁《たにぶんちょう》一門の展示即売会だ。

南画（文人画）の泰斗《たいと》である谷文晁は広い画域で知られていた。山水画、花鳥画、人物画から仏画まで何でも手がけ、「八宗兼学」と呼ばれるほどだった。

谷文晁は下谷《したや》で写山楼《しゃざんろう》という画塾を開き、後進の指導に当たっていた。門人たちの励みにもなるから、一門による展示即売会を年にいくたびか催している。その場の一つが、きく屋の望洋の間だった。

いつも詰めているわけではないが、今日は谷文晁の姿もあった。

奥まったところの座布団に座り、ゆっくりと茶を啜っている。

「売れ行きは良好でございます、先生」

門人が笑顔で言った。

「うむ」

画家は一つうなずくと、静かに湯呑みを置いた。

「絵が売れるのはありがたいが、あきないでやっているわけではないからな。たとえ売れずとも、見ていただけるだけでありがたい。そう感謝することが何より肝要だ」

「はい」

谷文晁はそう教えた。

門人は殊勝な面持ちになった。

ここで新たな客が入ってきた。

大店《おおだな》のあるじと娘、それにお付きの手代という感じの三人だ。

「まずは絵を拝見してからだね」

そう言ったのは、大黒屋のあるじの勘兵衛だった。

「どの絵もお上手で」

掛け軸を観ながら、娘が言う。

「そりゃあ、名高い谷文晁先生の一門だからな」

勘兵衛がうなずいた。

しばらく無言で進む。

所望する絵があれば、出口に近いところに詰めている弟子が対応する。さらにその奥に、谷文晁が端座していた。

「この絵は床の間に飾るといいかもしれないな」

ややあって、勘兵衛が一枚の絵を指さした。

「大川の絵ね」

きれいな桃割れの娘が言う。

「居ながらにして川景色をながめられるからな。向こう岸が見える広がりと、空の感じがとてもいい」

大黒屋のあるじは気に入った様子だった。

「だったら、買ってみたら？」

娘が水を向けた。

「そうだな。値《あたい》を訊いてみよう」

勘兵衛は乗り気で答えた。

詰めていた弟子にたずねてみたところ、それなりの高額ではあるが、大店のあるじにとってみればすぐ出せる値だった。買えば桐箱に谷文晁の揮毫も入るらしい。これも縁だからと購《あがな》うことにした。

話が決まると、揮毫の支度が整った。

「わたしにとっても自信の一枚ゆえ」

南画の泰斗はそう言って、筆を走らせた。

為大黒屋勘兵衛

うなるような為書きの字だ。

「ありがたく存じます。長く家宝にいたします」

勘兵衛はていねいに頭を下げた。

「絵も喜びましょう。できれば、秘蔵より飾っていただくほうがありがたいかと」

谷文晁はそう言って筆を措いた。

墨を速く乾かすべく、弟子が団扇であおぐ。

「そのつもりでございます。居ながらにして、美しい川景色を楽しませていただきます」

大黒屋のあるじは笑みを浮かべた。

「ありがたき倖せで」

谷文晁が軽く両手を合わせた。

四

一階の一枚板の席には、二人の男が陣取っていた。

一人はおなじみの乗加反可、もう一人は仲のいい碁打ちの影野元丈《かげのげんじょう》だった。焼き茄子を肴に、さきほどから一献傾けている。

「眼福のあとは口福ですな」

乗加反可がそう言って、涼やかなぎやまんの器に入った冷や酒を啜った。

「まさに、そのとおりで」

元丈が笑みを浮かべて、次の焼き茄子に箸を伸ばした。

醬油をたらした削り節とおろし生姜を添えて食す。まさしく口福の味だ。

ここで足音が響いた。

大黒屋の三人だ。

「いかがでございましたか」

おきくが声をかけた。

「眼福でしたよ。文晁先生の掛け軸を買わせていただきました。桐箱には揮毫まで頂戴しました」

勘兵衛が手代のほうを手で示した。

若い手代が大事そうに包みを抱えている。

「さようでございますか。それはようございました」

おきくは笑みを浮かべてから続けた。

「もしよろしければ、小部屋でお料理もお楽しみいただけますけれど」

そう水を向ける。

「実は、おもいで料理をお願いしたいと」

大黒屋のあるじが切り出した。

「さようでございますか。それはありがたく存じます」

おきくが頭を下げた。

「もしよろしければ……」

乗加反可が箸を置いた。

「わたしはかわら版の文案づくりも手がけている戯作者ですが、よろしければ一緒に話を聞かせていただければと。むろん、お嫌でしたら、かわら版にはいたしませんので」

戯作者はよどみなく言った。

それを聞いて、隣の影野元丈がわずかに表情をゆるめた。

相変わらず如才ないな、といったところだ。

「どうだい？」

勘兵衛が娘の顔を見た。

「おまかせで」

娘は小さくうなずいた。

「では、落ち着く小部屋でお話を。ご所望の料理をつくらせていただきますので」

幸太郎が厨から言った。

「ご案内いたします」

おきくが身ぶりをまじえた。

こうして、場が進んだ。

五

碁打ちの元丈は稽古先に向かった。

奥まったところにある小部屋に、大黒屋の親子が案内された。お付きの手代は廊下で待機だ。

「わたしはこのあたりで」

乗加反可が部屋の隅のほうに座り、矢立を取り出した。

何か思いついたらすぐ書き留められるように、帳面を腰にくくりつけている。

さすがはかわら版の文案づくりも手がけている才人だ。

「お呑みものは御酒でよろしゅうございますか」

おきくがたずねた。

「ええ。冷やで結構ですので」

大黒屋のあるじが答えた。

「素麺に焼き茄子。天麩羅もお出しできます」

幸太郎が笑顔で言った。

「どうだ。胃の腑に入るか」

勘兵衛が娘にたずねた。

「少しなら」

娘は軽く帯に手をやった。

「では、まず素麺と焼き茄子を。あとで鱚やしし唐などを揚げてまいりますので」

幸太郎が言った。

「よろしくお願いいたします」

勘兵衛がていねいに頭を下げた。

「よろしゅうお願いいたします」

桃割れの娘も一礼した。

娘の名はおみかだった。

年は十四だ。

大店の娘だが、乙にすましたところはない。目がくりっとしていて、笑うと右のほおに小さなえくぼが浮かぶ。

ややあって、呑みものと料理が運ばれてきた。

冷や酒と冷たい麦湯。それに、素麺と焼き茄子だ。

一枚板の席で酒肴を味わっていた乗加反可は麦湯だけだ。

「先におもいで料理のお話をうかがいましょうか。天麩羅はそのあとで」

幸太郎が言った。

「さようですね。胸のつかえが取れてからでないと」

大黒屋のあるじが胸に手をやった。

おみかもこくりとうなずく。

幸太郎とおきくの目と目が合った。

「なら、何かあったら呼ぶから」

幸太郎が小声で言った。

いまは一枚板の席に客がいないが、凪《なぎ》のようなものだ。いつ次の客がのれんをくぐってくるか分からないから、空けておくわけにはいかない。

「承知で」

おきくは短く答えると、腰を上げて客に一礼した。

新たな客が来れば、酒とつくりおきの肴を出して場をつなぐことができる。

こうして、支度が整った。

六

「おみかの上に、もう一人、おたえという娘がおりました」

大黒屋の勘兵衛はそう切り出した。

素麺と焼き茄子に箸はつけたが、まだだいぶ残っている。

おみかも同じだ。

話し終えるまでは、どうも胃の腑が受け付けないようだ。

「四つ上の姉で、仲が良くて、いろんな見世に連れていってくれました」

いくらか遠い目で、おみかが言った。

「ところが……」

勘兵衛は冷や酒をくいと呑み干してから続けた。

「二年前のことでした。おたえが早患いであの世へ行ってしまいましてね。なんとも……」

大黒屋のあるじは、しばし言葉を探した。

「……無念でした」

勘兵衛はのどの奥から絞り出すように言った。

おみかが目元に指をやる。

「それは、ご愁傷さまでした」

幸太郎は痛ましそうに頭を下げた。

しばし沈黙があった。

小部屋にも掛け軸が飾られていた。これも谷文晁の絵だろう、大川の景色が伸びやかに描かれている。その空の広がりが目にしみるかのようだった。

「で」

大黒屋のあるじは一つ座り直してから続けた。

「おみかが姉のおたえと一緒に食べた甘味があるということで。そのおもいで料理をお願いできればと存じまして」

勘兵衛は勘どころを伝えた。

「さようですか。承知しました」

幸太郎は引き締まった顔つきで答えた。

「実は、二人で行った甘味処《かんみどころ》は見世じまいをしてしまったようでして」

勘兵衛が娘のほうを見た。

「姉が亡くなって半年ほど経ってから、ふと思い立ってお友だちを誘って行ってみたんですけど、もう見世じまいをしていました」

おみかは寂しそうに告げた。

「どこかへ移ったわけではないんですね？」

幸太郎が訊いた。

「隣のお見世に訊いたら、もう歳なので見世じまいをされたとか」

おみかが答えた。

「なるほど」

乗加反可がひとしきり筆を走らせてから続けた。

「それで、どういうおもいで料理だったのでしょう、いまは亡きお姉さんと一緒に食べた甘味は」

戯作者は穏やかな表情でたずねた。

「餡をはさんで焼いたお菓子でした。表も裏も、面が……」

おみかは思い返すそぶりになった。

「餡をくるくる巻いたものではないんですね？」

幸太郎が問うた。

餡を生地でくるくる巻いて焼きあげた餡巻きは、折にふれてわらべに出して喜ばれている。

「二つの円いものを重ねて餡をはさんでありました。その面が、こう、まだらになっていて」

おみかは身ぶりをまじえて、懸命に伝えようとした。

「なるほど、まだらに」

乗加反可が筆を走らせる。

「見世は上《うえ》野黒門町《のくろもんちょう》の裏通りだったそうです」

勘兵衛が伝えた。

「さようですか。それだけ分かれば、見当がつくはずです」

幸太郎が笑みを浮かべた。

「自信ありげですね」

大黒屋のあるじが言った。

「菓子屋さんの講でうちを使っていただいているので、つてがありまして」

幸太郎は答えた。

「初めのおもいで料理の頼み人も、菓子屋さんでしたね」

かわら版を手がけた戯作者が言った。

「さようです。せっかくですから、たずねてお知恵を拝借してきますよ」

きく屋のあるじがまた表情をやわらげた。

「どうかよろしゅうお願いいたします」

勘兵衛が頭を下げた。

「お姉ちゃんのおもいでの味、どうかよろしゅうに」

おみかのまなざしに力がこもった。

第五章　東雲焼き

一

次の休みの日――。

きく屋の夫婦がある見世ののれんをくぐった。

浅草福井町《あさくさふくいちょう》の白菊屋《しらぎくや》だ。

二藍《ふたあい》の上品なのれんに白菊が染め抜かれている。屋号はくずし字で隅のほうに控えめに入っているだけの清《すが》しいたたずまいだ。

見世番をしていた娘に来意を告げると、小上がりで待つようにと言われた。広くはないが、上がって茶菓を楽しむことができる。

焼きあがって間もないらしい若鮎を味わうことにした。求肥《ぎゅうひ》を包み、鮎に見立てて焼きあげた菓子だ。

「おいしいわね」

食すなり、おきくが小声で言った。

「うん。お茶もおいしい」

幸太郎も笑みを浮かべた。

ここで奥から手を拭きながらあるじの徳之助《とくのすけ》が出てきた。

「お待たせいたしました」

白菊屋の三代目が口早に言った。

「お忙しいところ、相済みません」

おきくが頭を下げた。

「おもいで料理について、初めの頼み人だった白菊屋さんのお知恵を拝借させていただきたいと思いまして」

幸太郎が言った。

白菊屋徳之助は、きく屋のおもいで料理の初めての頼み人だった。

きく屋で菓子屋の講が行われていることから縁が生まれ、若くして亡くなってしまった徳之助の女房のおもいで料理をつくった。心をこめてつくったおもいで料理は、白菊屋の三代目と二人の息子に好評をもって迎えられた。

「手前の知恵でございますか」

徳之助はいくらか当惑したような顔つきになった。

「このたびのおもいで料理はお菓子だということで」

おきくが説明した。

「なるほど、さようですか。……あ、どうぞお召し上がりくださいまし」

徳之助は食べかけだった若鮎を手で示した。

「はい。とてもおいしいです」

おきくが笑顔で答えた。

「これはわらべが喜びますね」

幸太郎がそう言って、若鮎の残りを口中に投じた。

「ええ。幸い、ご好評をいただいております」

初めてのおもいで料理の頼み人だった男は柔和な笑みを浮かべた。

菓子を食べ終えたところで、幸太郎は本題に入った。

大黒屋の娘が亡くなった姉とともに食べたおもいでの菓子の話だ。

餡をはさんで焼いた菓子だったこと。

二つの円いものを重ねて、餡をはさんであったこと。

その面がまだらになっていたこと。

見世は上野黒門町の裏通りだが、いまはもうないこと。

幸太郎は勘どころを一つずつ伝えていった。

しかし……。

白菊屋の三代目はうなずきながら聞いていたが、すぐ心当たりはない様子だった。

「手前もほうぼうで舌だめしをしてまいりましたが、あいにくその見世は存じあげないもので」

徳之助はすまなそうに言った。

「さようですか……。では、ほかを当たってまいります」

幸之助はそう言って湯呑みを置いた。

「面がまだらになっているというところが気にかかります。面白い景色になりそうですね」

菓子職人が興味を示した。

「どうやってつくるのか、そのあたりも知りたいですね」

　おきくも湯呑みを置く。

「菓子の講の世話人さんにうかがうのがいちばんかと。鯛屋《たいや》のご隠居さんは、江戸の菓子に精通されていますから」

　白菊屋の三代目が言った。

「実は、それも考えておりました。では、鯛屋さんのほうへまいりましょう」

　幸太郎は腰を上げた。

　おきくも続く。

「お役に立てず、相済みません」

　徳之助がていねいに頭を下げた。

「いえいえ、若鮎、おいしゅうございました」

「ほんとに、焼きたてで香ばしくて」

　きく屋の夫婦が答えた。

　せっかくだから鯛屋への手土産に若鮎を買い、幸太郎とおきくは白菊屋を出た。

二

浅草福井町の白菊屋から芝口《しばぐち》二丁目の鯛屋まで、街道筋をかなり歩かねばならない。出かけるのが早かったから、まだ時はある。いろいろな見世をながめながら、きく屋の二人は進んでいった。

「ご隠居さんがいてくださるといいんだけど」

歩きながらおきくが言った。

「得意先廻りに出ているのなら、待たせていただくことにしよう」

と、幸太郎。

「そうね。帰りはあれでいいから」

おきくが向こうからやってきた駕籠を手で示した。

「そうだな。もう少しだ。気張って歩こう」

幸太郎は白い歯を見せた。

ややあって、行く手に幟が見えてきた。

「あそこかしら」

おきくが指さした。

「赤い鯛が染め抜かれてるから、鯛屋さんだね」

幸太郎は少し足を速めた。

目指す見世に着いた。

御菓子司《おかしつかさ》　鯛屋

品のいい字で、看板にそう彫りこまれている。

貼り紙も出ていた。

押しもの　引き出もの
よろづうけたまはります
　鯛屋店主

こちらも伸びやかで上品な字だ。

のれんをくぐり、来意を告げると、幸いなことに隠居の半次郎《はんじろう》は見世にいるようだった。

この見世にも小上がりがあった。

小ぶりな押しものの鯛と茶を味わいながら待っていると、隠居がいつもの温顔で姿を現した。

「これはこれは、ようこそ」

半次郎は軽く右手を挙げた。

「いつも講でお世話になっております。今日はおもいで料理の件でご隠居さんのお知恵を拝借したいと存じまして、二人でうかがった次第で」

幸太郎はよどみなく言った。

「ほう、おもいで料理かい」

鯛屋の隠居が答えた。

「ええ。このたびのおもいで料理はお菓子なので、初めてのおもいで料理の頼み人の白菊屋さんを訪ねて訊いてみたのですが、あいにく心当たりがない、ついては、鯛屋のご隠居さんにうかがってみればどうかというお話でしたので」

幸太郎は仔細を伝えた。

「そうかい。ここでくわしい話も何だから、わたしの行きつけの小料理へどうだい。実はいまから行くつもりだったんでね」

眉が白くなった半次郎が水を向けた。

「でしたら、お供させていただきます」

「どうぞよろしゅうに」

きく屋の夫婦が答えた。

こうして、話が決まった。

三

見世の名は菜屋《さいや》だった。

惣菜や野菜の「菜」だろうが、菜の花ともかけているらしく、のれんは鮮やかな菜の花色だった。

繁華な街道筋から近いが、いくらか奥まったところにあり、座敷に上がるといたって閑静だった。まさに隠れ家のような見世だ。

「ここは朝獲れの魚がうまくてね。鯛茶も名物だ」

半次郎が笑みを浮かべた。

「では、鯛茶は締めで」

幸太郎が笑みを返した。

「舌だめしは学びになりますので」

おきくが言った。

まずは冷酒。おきくには冷たい麦湯が運ばれた。

肴は刺身だ。あとで天麩羅が出る。

「では、おもいで料理の話だね」

鯛屋の隠居が坐り直した。

「お心当たりはございましょうか」

まずおきくがたずねた。

「ああ、行ったことがあるよ。上野黒門町の東雲《しののめ》焼きだ」

半次郎はすぐさま答えた。

「東雲焼きでございますか」

幸太郎が身を乗り出した。

「そうそう。東雲の空みたいな美しい景色が見えて、なかなかに風流だったよ。

いつのまにか閉めてしまったんだねえ」

菓子屋の講の世話人が残念そうに言った。

「どうやってつくるのでしょう」

幸太郎はそう言うと、刺身に控えめに箸を伸ばした。

「見世に大きめの平たい鍋はあるかい？」

隠居がたずねた。

「ええ、ございます。餡巻きなどもそれでつくりますので」

幸太郎が答えた。

「なら、大丈夫だね。つくるところを見たことがあるから、思い出しながら教えるよ」

半次郎が言った。

「お願いします」

幸太郎が頭を下げた。

ここで天麩羅が来た。

鱚に海老、それにしし唐。

盛り付けも美しいひと品だ。

揚げたての天麩羅を味わいながら、鯛屋の隠居は東雲焼きのつくり方を一つずつ伝授していった。

帳面と筆は持参していなかったから、きく屋の二人はいくたびもうなずきながら頭にたたきこんでいった。

「火加減を間違えなければ、そう難しいものではないと思うよ」

半次郎がそう言って、海老天をさくっとかんだ。

「さっそく試しづくりをしてみます。ありがたく存じます」

幸太郎は重ねて頭を下げた。

「で、どういうおもいで料理なんだい？」

半次郎がたずねた。

「病で亡くなったお姉さんのおもいで料理で、達者だったころに一緒に食べたお菓子をぜひまた、というご所望で」

頼み人の名は伏せて、おきくが答えた。

「そうかい。それはまたいい仕事になるね」

鯛屋の隠居がうなずいた。

「はい、気を入れてつくらせていただきます」

きく屋のあるじの顔が引き締まった。

四

「今度はどうだ」

幸太郎がそう言って、ゆっくりと紙をはがしていった。

「どうかしら」

おきくがのぞきこむ。

きく屋の厨だ。

すでにのれんはしまわれている。ここからは菓子の試しづくりだ。

「しっかり焼いたから、いい景色になるはず」

幸太郎の指が慎重に動いた。

「わあ」

ほどなく、おきくの口から嘆声がもれた。

「いいな」

幸太郎が満足げにうなずいた。

「たしかに、東雲の空みたいね」

おきくが目を細くした。

「よし、仕上げにかかろう」

幸太郎の声に力がこもった。

東雲焼きはこうつくる。

大きな平たい鍋を充分に熱し、四角く切った紙を載せる。

その上に、東雲焼きの生地を流す。

円いかたちに流し終えたら、ほどよく火が通るのを待つ。

まず表面に気泡が浮く。それが割れて小さな穴が開いてきたら頃合いだ。

初めは待ちすぎてしまい、いささか焦げてしまった。

このたびが捲土重来だったが、きれいな仕上がりになった。

穴がたくさん開いたところで裏返し、逆側を焼く。

これも焼きすぎてはいけない。さっとあぶるくらいでいい。

ゆっくり紙をはがすと、東雲、すなわち、明け方の東の空にたなびく雲のごとき景色が浮かびあがる。

二枚の皮ができたら、餡をはさんで仕上げだ。

手のひらで二枚の皮をはさみ、端のほうをぎゅっぎゅっと押しこんでかたちを調えていく。

三笠《みかさ》の山のようなかたちになったら、東雲焼きの出来上がりだ。

「なら、舌だめしを」

幸太郎がうながした。

「おいしそう」

おきくがさっそく手に取った。

松太郎とおはな、二匹の飼い猫も興味深げに見つめる。

「いただきます」

おきくが口を開けた。

幸太郎はもう一つ焼きだした。だいぶ手際が良くなってきた。

「あ、おいしい。……餡がたっぷり」

おきくが笑みを浮かべた。

「焼き加減はどうだ」

幸太郎が問う。

「ちょうどいいわ。焼きたてでおいしい」

おきくは感心の面持ちで言った。

ほどなく、幸太郎の分も焼きあがった。

「いい感じだな」

きく屋のあるじは満足げな面持ちになった。

「これは人気があったと思う。……ほんとにおいしい」

と、おきく。

幸太郎も舌だめしをした。

「見てよし、食べてよしだな」

料理人は笑みを浮かべた。

「うまくいったわよ」

足元に身をすり寄せてきたおはなに向かって、おきくが言った。

「みゃ」

亡き娘と同じ名の猫が短くないた。

五

段取りは滞りなく進んだ。

　このたびは餡の支度があるから、あらかじめ日取りを決めておかねばならない。次の休みの日、食材の仕入れがてら幸太郎が出かけ、日本橋通一丁目の醤油酢問屋、大黒屋をたずねた。

　娘のおみかにはいろいろと習いごとがある。それを避けて、日取りが決まった。そのうち、乗加反可がきく屋に姿を現した。すでに大黒屋の話は聞いている。おもいで料理の当日は戯作者も立ち会うことになった。

　こうして支度が整った。

　幸いにも、いい日和になった。

　大黒屋のあるじと娘は、駕籠で大川端までやってきた。

「お待ちしておりました」

　おきくが笑顔で出迎えた。

「いまから支度いたしますので」

　幸太郎も和す。

「本日はよろしゅうお願いいたします。これはあきない物で恐縮ですが、十年物の下り醤油でございます。お納めくださいまし」

　大黒屋勘兵衛は風呂敷に包んだものを差し出した。

「これはこれは、ありがたく存じます」

おきくがていねいに受け取った。

「ありがたく料理に使わせていただきます」

厨の幸太郎も頭を下げた。

一枚板の席には、乗加反可が陣取っていた。

蛸の小倉煮《おぐらに》を肴にひとしきり呑んでいたところだ。東雲焼きのために餡を炊いたから、料理にも使った。餡を用いた料理には小倉の名がつく。

「やつがれも、端のほうで取材をさせていただきます」

乗加反可はそう言って箸を置いた。

「ええ。どうぞよろしゅうに」

勘兵衛が一礼した。

「よろしゅうお願いいたします」

おみかの髷に挿した簪の飾りがふるりと揺れた。

南天の実だ。

「では、望洋の間へどうぞ」

おきくが身ぶりをまじえた。

「えっ、二階の大広間で」

大黒屋のあるじは意外そうな顔つきになった。

「衝立で仕切りますので」

おきくがすぐさま答えた。

「小人数の宴は入っておりますが、離れておりますから、落ち着いておもいで料理を召し上がっていただけるかと」

幸太郎が笑みを浮かべた。

「小部屋のほうがよろしければご用意できますが、大川の景色が見えたほうがお姉さまも喜ばれるでしょう」

おきくが言った。

「そうですね。姉の形見の櫛と巾着を持ってきましたから」

おみかがうなずいた。

こうして、話が決まった。

おもいで料理の頼み人たちは、階段を上がって望洋の間に入った。

六

衝立にも大川の景色が描かれていた。

外の実景と衝立の絵、二種の景色を楽しむことができる。

「これも文晁先生のお作で？」

いくらか離れたところに陣取った乗加反可が指さしてたずねた。

「いいえ、お弟子さんの絵で。励みになるようにと描いてもらったとお聞きしています」

おきくは答えた。

「なるほど。それも弟子の育て方ですね」

乗加反可が感心の面持ちでうなずいた。

「櫛と巾着はこのあたりで」

大黒屋のあるじが手で示して、座布団に腰を下ろした。

隣にもう一枚敷かれている。

おみかの席だ。

「なら、これも」

娘が髷に手をやった。

南天の実の簪を抜く。これも姉のおたえの形見だ。

座布団に座ると、おみかは一つずつ品を並べていった。

櫛と巾着と簪。

三つの形見がそろった。

「では、まずお茶をお持ちします。おもいで料理は焼きあがり次第、運びますので」

おきくはそう言って腰を上げた。

「どうかよろしゅうに」

勘兵衛が頭を下げた。

「お願いいたします」

おみかも続いた。

ややあって、お茶が運ばれてきた。

大川の景色をながめながら待つ。

「鳥に舟。風情がありますな」

乗加反可が言った。

「ここからのながめは格別です」

大黒屋のあるじが目を細くした。

「見えるかな、お姉ちゃん」

おみかが形見の一つを手に取った。

きれいな鼈甲《べっこう》の櫛だ。

「舟が荷を積んで、ゆっくりと川下へ向かっているよ」

勘兵衛が指さした。

「ほんとに、絵みたいで」

おみかはそう言って、茶を控えめに啜った。

そこで足音が響いた。

「できたかな」

勘兵衛が入口のほうを見た。

「お待たせいたしました」

きく屋のあるじが盆を手にして笑みを浮かべた。

七

「焼きたてをお持ちしました」

幸太郎が言った。

「おもいで料理の東雲焼きでございます」

おきくが皿を手に取った。

「わあ、これです」

おみかが運ばれてきたものを見るなり言った。

「どちらを先に？」

おきくが訊いた。

「主役を先に」

勘兵衛が手で示した。

「承知しました」

おきくは形見の品を少しずらして、東雲焼きの皿を静かに置いた。

それぞれに皿と匙《さじ》が添えられている。薄青い釉薬《ゆうやく》がかかった上品な皿だ。

続いて、勘兵衛とおみかの前にも東雲焼きが置かれた。

幸太郎とおきくは目くばせをして、いくらか離れたところに座った。

乗加反可が帳面を取り出し、筆を走らせる支度をする。

「では、おまえから」

父が娘に言った。

「はい」

おみかが匙を手に取った。

少し迷ってから戻す。

「黒門町のお見世は手で食べていたので」

おみかはそう言うと、東雲焼きを右手でつかんだ。

「がぶっと食え」

勘兵衛はおのれも菓子に手を伸ばした。

おみかはうなずくと、東雲焼きを口中に投じた。

かむ。

姉とともに食べたおもいでの菓子を味わう。

少し遅れて、餡の甘みが伝わってきた。

さらに、かむ。

ゆっくりと味わう。

父も続いた。

「うまいな」

食すなり、勘兵衛は言った。

「……おいしい」

いくぶんかすれた声で、おみかが言う。

「見てよし、食べてよしだ」

大黒屋のあるじがうなずいた。

乗加反可の筆が動く。

「餡の加減はいかがでしょう」

幸太郎が控えめにたずねた。

「とってもおいしいです。本家で食べたものより、味が深く感じられます」

おみかが言葉を選んで答えた。

「それはよかったです」

おきくの表情が晴れた。

「おたえの分まで、食ってやれ」

娘を亡くした父が言った。

おみかがうなずく。

味はおもいでを連れてくる。

東雲焼きをさらに食べるうちに、亡き姉とともに見世を訪れた日のことがありありと思い出されてきた。

餡の甘みが心にしみた。


また来ようね、東雲焼き。


姉の声がよみがえってくる。

まるで隣に座っているかのように、それは鮮やかによみがえってきた。


お姉ちゃんは、ここにいる。

ずっと一緒にいる……。

おみかは形見の簪を見た。
南天の実のかたちが、少しぼやけて見えた。

第六章　三つの角の麺

一

「このたびも名調子ですぜ」

地獄耳の安《やす》がそう言って、冷たい麦湯でのどをうるおした。

十手持ちの独楽《こま》廻しの辰《たつ》の下でつとめを行うかたわら、かわら版を売りさばいたり、芝居小屋の呼び込みをしたり、よろずの働きを見せている。

今日は両国橋の西詰でひとしきりかわら版をさばいてきた。いま、きく屋にも一枚渡したところだ。

「まあ、またおもいで料理を採り上げていただいて、ありがたいことで」

かわら版に目を通しながら、おきくが言った。

「乗加反可先生はこちらに？」

幸太郎が厨からたずねた。

「戯作の版元さんと一献傾けるそうで、よしなにと」

下っ引きが答えた。

「さようですか。では、またお見えになったときに御礼を」

幸太郎は笑みを浮かべた。

「なら、おいらはつとめに戻るんで」

地獄耳の安はそう言うと、麦湯を呑み干して湯呑みを置いた。

「ご苦労さまでございます」

「またそのうちゆっくり」

きく屋の夫婦が声をかけた。

下っ引きが去ると、二人はかわら版を読んだ。

以前にも採り上げてもらったが、おもいで料理とは何か簡潔に伝えたあと、大黒屋の娘が姉と食べた東雲焼きの話へと筆は流れるように進んでいった。

餡をはさんだ焼き菓子に浮かぶは東雲の空、そこにはなつかしき姉の顔も浮かぶならむ。

味はおもひでをつれてくる。

いまは亡き人の声や顔がよみがへる。

善哉《よきかな》、善哉。


おきくは終いまで読むと、小さく一つうなずいた。

「これでまた、おもいで料理の注文が入るといいな」

幸太郎がそう言って、かわら版をたたんだ。

「さあ、どうかしら」

おきくは首をかしげた。

そんなにうまい具合に数珠《じゅず》つなぎにはなるまいと思ったのだが、案に相違した。

次のおもいで料理の頼み人は、さほど間を置かずに現れた。

二

その日は講が行われていた。

馬喰町の木綿問屋、蔦屋の隠居の半兵衛と、大伝馬町の木綿問屋、升屋の隠居の喜三郎を両大関とする、きく屋ではいちばん古い講だ。

鰻の蒲焼きに天麩羅。ひとしきり料理を出してひと息ついたときに、初めての客がのれんをくぐってきた。

「こちらは、おもいで料理のきく屋さんでございますね？」

物腰のやわらかな隠居風の男がたずねた。

「はい、さようでございます」

おきくが答えた。

「手前は神田明神下《かんだみょうじんした》の瀬戸物問屋、玉屋《たまや》の隠居で卯太郎《うたろう》と申します。これはあきない物で恐縮ですが……」

客は一緒に来た若者のほうを見た。

「瀬戸物の皿でございます。お納めくださいまし」

手代とおぼしい若者が緊張気味に包みを差し出した。

「それはそれは、ごていねいにありがたく存じます」

おきくは丁重に礼をして受け取った。

「ご配慮ありがたく存じます」

幸太郎も厨を出て一礼した。

「ご主人様でいらっしゃいますね。さっそくですが、これを拝見したもので」

玉屋の卯太郎はふところからさっと刷り物を取り出した。

例のかわら版だ。

「おもいで料理をご所望でしょうか」

それと察して、幸太郎が問うた。

「さようでございます。かわら版を拝見して、手前のおもいで料理が何だったか、まずはそれを突き止めていただき、しかるのちに実際に味わわせていただければと存じまして、こちらへうかがった次第です」

瀬戸物問屋の隠居はよどみなく言った。

「さようですか。では、まずこちらでお話をうかがえればと」

幸太郎は一枚板の席を手で示した。

「承知しました」

玉屋卯太郎は腰を下ろした。

いくらか離れたところに、手代も遠慮がちに座る。

「御酒はいかがいたしましょう」

おきくが訊いた。

「では、冷やでお願いします。手代には冷たい麦湯で」

瀬戸物問屋の隠居が答えた。

「鰻の蒲焼きに天麩羅などもお出しできますが」

幸太郎が水を向けた。

「蒲焼きはいささか重いので、天麩羅や軽めの肴を頂戴できればと」

おもいで料理の新たな頼み人が軽く頭を下げた。

こうして、支度が整った。

三

いつのまにか、浮世で齢《よわい》を重ねてしまいました。

身代をせがれに譲って隠居の身となり、行く気になればどこへでも出かけられるようになりました。

神社仏閣巡りなどはかねて折にふれて行ってきましたが、あの世へ行く前に、できれば行ってみたいところがございます。

それは、手前が生まれ育ったであろう故郷なのです。

玉屋の卯太郎はそう言うと、冷や酒を少し啜った。

肴は鱚天とした唐の天麩羅、それに、茄子の煮浸しが出ている。

おきくも幸太郎も、頼み人の話をじっくりと聞く構えになった。

「であろう」などとあいまいなことを申し上げたのには、深いわけがございます。十二か三くらいまで、手前はいまは亡き父と母を実の親だと思いこんでおりました。

さりながら、実は違ったのでございますよ。ありていに言えば、手前は玉屋にもらわれてきた子だったのです。

故郷はどこか、本当の親はどういう人か。

育ての父と母は、ひと言も語ろうとはしませんでした。

そういう約だったのでしょう。手前もあえて詮索しようとはしませんでした。

玉屋の先代とおかみを実の親だと思い、手前はあきないに励みました。

そして、いくたりもの子に恵まれ、いまは孫もできました。ありがたいことに、満ち足りた暮らしをさせていただいておりますが、人生に心残りがあるとすれば、わが故郷に一度も足を運んだことがないことです。

それどころか、生まれたのがどこなのか、なにぶんもらわれていったのが二つか三つくらいの遠い昔で、ごくかすかな記憶しか残っていないのです。

そのかそけき記憶のよすがになるのが……


瀬戸物問屋の隠居は言葉を切った。

「おもいで料理なのですね？」

それと察して、幸太郎が言った。

「そのとおりです」

玉屋卯太郎がうなずく。

「どんなお料理だったのでしょう」

おきくがたずねた。

「上州のおっきりこみにいくらか似ていたような気がします」

おもいで料理の頼み人はそう答えると、思い出したように鱚天に箸を伸ばした。

「幅広の麺を煮込んだ料理ですね。おっきりこみでしたら、前につくったことがあるのですが」

幸太郎が言った。

「ええ。ただ……」

鱚天を少し味わってから、卯太郎は続けた。

「麺のかたちが違っていたような気がします。と言うより、麺ではなかったように思われます」

「麺ではなかったと」

おきくがうなずいた。

「ええ。おぼろげに憶えておりますのは……」

瀬戸物問屋の隠居は残りの鱚天を胃の腑に落とした。

記憶の糸をたぐってから続ける。

「麺ではなく、三つの角があったような気がいたします。何かこう……整った蕎麦がきのようなかたちで」

卯太郎はそう伝えた。

ここで足音が響いた。

望洋の間で行われている講の客が下りてきたのだ。

見ると、馬喰町の木綿問屋、蔦屋の隠居の半兵衛だった。

「ご隠居さん、ちょっとお知恵を拝借したいことがあるのですが」

幸太郎が声をかけた。

「そうかい。なら、はばかりから戻ったら」

福相の隠居が軽く右手を挙げた。

蔦屋の隠居は顔が広い。玉屋でも瀬戸物をあがなったことがあるらしく、初めから話が弾んだ。

ただし、三つの角がある麺のようなものに関しては、にわかには思い当たらないようだった。

「それなら、講のみなに訊いてみようかね。日の本のほうぼうから奉公に来ているから、どこの国の食べ物か、知っている人がいるかもしれない」

半兵衛が言った。

「それはぜひよろしゅうお願いいたします」

玉屋の卯太郎が頭を下げた。

「では、御酒とお料理を運びますので」

おきくが笑みを浮かべた。

こうして、段取りが進んだ。

四

三つの角がある麺のようなものに心当たりがないか、講の面々に訊いてみたところ、早くも一人から手が挙がった。

馬喰町の糸物問屋、上総屋の隠居の仁左衛門だ。

「それはみちのくで食べたことがあるような気がしますな」

素人寄席にも出ている男が噺家のような口調で言った。

「みちのくでございますか」

玉屋卯太郎が身を乗り出した。

「隠居の身になって暇ができたので、日の本のまだ行ったことがないところへ行ってみようと思い立ちまして、たしかその料理は……」

仁左衛門は記憶をたどった。

みな黙って次の言葉を待つ。

「南部《なんぶ》藩の宿でいただいたような気がします」

上総屋の隠居が言った。

「なるほど、南部藩で」

卯太郎がうなずいた。

「それなら、うちに一人、そちらのほうから奉公に来ている者がおりますので」

通塩町の地本問屋、武蔵屋の隠居の佐吉が手を挙げた。

江戸でも指折りの問屋だから、よそより奉公人の数は多い。

「そりゃ好都合だね」

蔦屋の隠居が笑みを浮かべた。

「つくり方も分かりますでしょうか」

幸太郎がたずねた。

「訊いておきますよ。と言うより、もし知っているのなら、こちらにうかがって伝授させますので」

武蔵屋佐吉は段取りを進めた。

「それだと話が早いね」

半兵衛が言った。

「ありがたく存じます。これまでまぼろしだったおもいで料理が、うつつに立ち現れてまいりました」

卯太郎が赤みの差した顔で言った。

「講が役に立ちそうだね」

升屋の喜三郎が満足げに言った。

「続けてきた甲斐がありますな」

と、半兵衛。

「少しはお役に立てましたね」

仁左衛門が言った。

「少しどころか、いちばんの功ですよ、上総屋さん」

蔦屋の隠居が笑みを浮かべた。

「では、つくり方が分かり次第、いつおもいで料理をおつくりするかというご相談を」

きく屋のあるじが言った。

「承知しました。ぜひともよろしゅうお願いいたします」

おもいで料理の頼み人は深々と頭を下げた。

五

武蔵屋の手代は、さほど日を置かずにきく屋へやってきた。

みちのくの出だけあって、言葉は江戸のものに改めていても、声の調子に名残がある。実直そうな手代は、おもいで料理と思われるもののつくり方をていねいに教えてくれた。

三つの角がある麺のようなものをどうつくるか。だしはどうか。麺のほかに何を入れるか。

手代は順を追って伝えてくれた。

幸太郎はさっそく支度に入った。舌だめしをするのはもちろんおきくだ。

「なるほど、三つの角の麺ね」

おきくがうなずいた。

「具は蓮根と葱と油揚げにしておいた。椎茸や里芋なども入るようだが、あいにくまだ出回っていないので」

幸太郎が言った。

「おいしそう」

舌だめしが始まった。

箸が動き、三つの角がある麺が口中に投じ入れられる。

「素朴なおだしに合っておいしい」

おきくは笑みを浮かべた。

「ほかに、味噌につけて食べるやり方も試してみよう」

幸太郎が言った。

「ただのお味噌？」

おきくはたずねた。

「いや、大蒜《にんにく》味噌と胡桃味噌だ。みちのくではそうやって食べるらしい」

きく屋のあるじが答える。

「おいしそうね」

おきくはそう言って、また三つの角の麺に箸を伸ばした。

「みちのくは寒さが厳しいから、あたたかくなる料理が好まれる。これなら体の芯からあたたまるだろう」

幸太郎が白い歯を見せた。

「そうね。身の養いにもなりそう」

おきくはそう言うと、試しづくりのおもいで料理を胃の腑に落とした。

段取りはさらに進んだ。

次の休みの日、神田明神下の玉屋へ赴き、支度が整ったことを告げた。

隠居の卯太郎ばかりでなく、当主の新太郎《しんたろう》も来ることになった。瀬戸物問屋には古参の番頭もいるから、親子で見世を空けることもできるようだ。

「では、楽しみにしております」

おもいで料理の頼み人が笑顔で言った。

「お待ちしております」

幸太郎はていねいに頭を下げた。

六

その日が来た。

玉屋の隠居の卯太郎と当主の新太郎は、それぞれに包みを提げてきく屋ののれんをくぐってきた。薬研堀まで駕籠を使い、そこから大川端を歩いてきたらしい。

「父のおもいで料理のご配慮、ありがたく存じました。これはあきない物で恐縮ですが、お使いくださいまし」

新太郎がよどみなく言って、大皿を渡した。

「これはこれは、ありがたく存じます」

幸太郎が両手で慎重に受け取った。

「こちらは軽めの小皿で」

卯太郎がもう一つの手土産を渡した。

木の葉をかたどった品のいい小皿だ。

「ありがたく存じます。では、お二階の望洋の間でおもいで料理を」

おきくが告げた。

「御酒はいかがいたしましょうか」

幸太郎が訊く。

「では、普通の燗で」

おもいで料理の頼み人が答えた。

「承知しました。仕度いたします」

きく屋のあるじは歯切れよく言った。

望洋の間には、このたびも衝立が入った。白鳥《しらとり》の群れが大川の中州から飛び立つ景色が描かれている。この恰幅は谷文晁の筆だろう。

酒とお通しが来た。

ちりめんじゃこのおろし和えだ。

「これからあたためてお持ちしますので」

幸太郎が言った。

「ああ、お願いします」

おもいで料理の頼み人が軽く頭を下げた。

「まずは一杯」

せがれが父に酒をついだ。

「おう」

卯太郎が受ける。

もみ海苔を天盛りにしたちりめんじゃこのおろし和えを肴にしばし親子で呑んでいると、階段で足音が響いた。

「お待たせいたしました」

おきくと幸太郎が盆を運んできた。

「おもいで料理の蕎麦かっけでございます」

幸太郎が深めの椀を置いた。

「蕎麦かっけですか」

卯太郎がのぞきこんだ。

「ええ。みちのく出身の方によると、かけらが転じて『かっけ』になったという説が有力なのだとか」

きく屋のあるじが答えた。

「三つの角がある麺だけ取り出して、こちらの二種のお味噌につけて召し上がることもできますので」

おきくがそう言って小皿を置いた。

大蒜味噌と胡桃味噌だ。

「なるほど……」

玉屋の隠居は言葉を切った。

「まあ、見ても思い出しはしないけれど」

頼み人は少しあいまいな表情になった。

「お父さんがみちのくにいたのは二つくらいまでですからね」

瀬戸物問屋の当主が言った。

「急に思い出したりしたらびっくりだよ。……まあ、何にせよ、いただくことにしよう」

玉屋の隠居は箸を取った。

「そうですね。食べたら思い出すかもしれないし」

当主が望みをこめて言った。

きく屋の二人は、いくらか離れたところに座り、成り行きを見守った。

「これは冬場にはよさそうだな」

卯太郎が言った。

「みちのくで食べればなおうまかろうと」

新太郎が和す。

「なんだか行ってみたくなってきたな。足腰がまだしっかりしているうちに」

おもいで料理の頼み人はそう言うと、三つの角がある麺を大蒜味噌につけて口中に投じ入れた。

「だったら、次の春にでも」

と、当主。

「そうだな。秋口に出たら雪で難儀するかもしれない。……ああ、これもうまいね。次は胡桃味噌に」

卯太郎の箸がまた動いた。

「蓮根と油揚げもいい塩梅《あんばい》で」

新太郎が満足げに言った。

「お代わりもございますので」

おきくが控えめに声をかけた。

「鱚天などもお出しできます」

幸太郎も続く。

「では、食べ終えたらお代わりを。鱚天も頂戴しましょう」

おもいで料理の頼み人が言った。

「承知しました。支度してまいります」

きく屋のあるじが腰を上げ、おかみが残った。

大川の景色をながめながら、さらにおもいで料理を味わう。

「はっきり思い出さないおもいで料理も、なかなか乙なものかもしれないね」

卯太郎が言った。

「みちのくに足を運んだら、思い出すかもしれませんよ、お父さん」

せがれがそう言って、また酒をついだ。

「そうだな。思い出さないまでも、おのれの根っこにある景色をながめて、神社仏閣にお参りしてこよう」

頼み人が乗り気で言った。

ほどなく、蕎麦かっけのお代わりが運ばれてきた。

鱚天もある。

おきくと手分けして供する。

「お待たせいたしました」

幸太郎が鱚天を置いた。

おきくが天つゆを据える。

「ここからは、ただの料理だね」

玉屋の隠居が笑顔で言った。

「せっかくだから、おいしいものをたんと頂戴しましょう」

当主がそう言って、また父に酒をついだ。

「鰻の蒲焼きもお出しできますが」

幸太郎が水を向けた。

「わたしは望むところで」

新太郎がすぐさま言う。

「なら、精をつける歳じゃないが、控えめにいただこうかね」

おもいで料理の舌だめしを終えた頼み人が言った。

「承知いたしました」

幸太郎が腰を上げた。

「御酒のお代わりはそろそろ」

おきくが問う。

「そうだね。あと一本」

卯太郎が指を立てた。

「お持ちいたします。しばしお待ちくださいまし」

おきくは笑顔で答えた。

第七章　命の玉子粥

一

秋が立ち、朝夕の風がめっきり涼しくなった。

そんなある日、きく屋では婚礼の宴が行われた。

かねて約が入っていた、小網町《こあみちょう》の鍋釜問屋、釜屋八兵衛《かまやはちべえ》の跡取り息子の婚礼だ。

新婦も同じなりわいの鍋釜問屋の三女で、舞台となったきく屋には双方から鍋が贈られた。使い勝手のよさそうな上物だ。

宴の料理は、まずは鯛の活けづくり。

ささげがふんだんに入った赤飯。

縁起物の海老と鱚の天麩羅。

おめでたい紅白の蕎麦。

幸太郎が腕によりをかけてつくった料理が次々に運ばれ、宴の席に笑顔の花がいくつも咲いた。

宴もたけなわとなり、余興が始まった。

「今日はこのために来たんで」

そう言って立ち上がったのは、十手持ちだった。

独楽廻しの辰だ。

以前、釜屋に難癖をつけてきた客を撃退したことがある。八兵衛はそれを徳として、十手持ちと懇意にしてきた。そんなわけで、余興に招かれたのだった。

「では、新郎新婦のつつがなき門出を祝しまして、紅白の独楽を廻しましょう。いざ！」

十手持ちはまず白い独楽を廻した。

寿、という字が消えて美しい模様になる。

「よっ」

「江戸一」

酒が入っている出席者から声が飛んだ。

お代わりを運んできたおきくもいったん座り、独楽廻しを見ることにした。

「お次は紅い独楽で。いざ！」

十手持ちの腕がしなった。

「わあ」

おきくは思わず短い声をあげた。

薄い水色の敷物の上で紅白の独楽が廻るさまは、夢のように美しかった。

「いいぞ」

「日の本一！」

さらに声が飛ぶ。

新郎も新婦も、周りに合わせて手を拍《う》ちながら笑顔で見守っていた。


これは一生の思い出になるはず。

どうかいついつまでもお幸せに。

おきくは心の底からそう願った。

二

さらに秋らしくなった。

海山の幸がことにうまい季《とき》だ。

「秋刀魚はやはりこれだな」

着流しの武家がそう言って、醤油をたらした大根おろしをたっぷり載せた秋刀魚の塩焼きを口中に投じた。

森繁右京こと、新堂大和守守重だ。

「だいぶ脂が乗ってまいりました」

一枚板の席の客に向かって、幸太郎が言った。

「秋刀魚は蒲焼きや刺身でもいけるが、やはり大関は塩焼きだな」

美濃前洞藩主が満足げに言った。

「秋の味覚の大関でもありましょう」

おきくが酒をつぐ。

「秋刀魚が東の大関だとすれば、西は何だ」

と、お忍びの藩主。

「さて、茸でございましょうか」

おきくは小首をかしげた。

「ことに松茸などは西の大関の格でしょう」

幸太郎が笑みを浮かべた。

「天麩羅でも炊き込み飯でもうまいからな」

着流しの武家が白い歯を見せる。

「どちらも、そのうちおつくりしますよ」

きく屋のあるじが請け合った。

「それは楽しみだ」

森繁右京と名乗る武家は、そう言うとまた秋刀魚の身をうまそうにほおばった。

茸の炊き込みご飯は数日後につくった。

大人数の宴が入ったわけではないが、余ったらまかないにするつもりで多めに炊いた。

茸は平茸、舞茸、占地《しめじ》。

三種の茸をまぜて使うと、互いの味が響き合ってことにうまくなる。

茸のほかに、牛蒡と油揚げも入れた。油揚げは炊き込み飯を引き立てる名脇役だ。少し焦がし気味にすると、さらに引き立つ。

昼下がり、見廻りの途中で奥鹿野左近同心が立ち寄った。

「あっ、奥鹿野さま、茸の炊き込みご飯はいかがでしょう。たんとありますので」

おきくが水を向けた。

「そうかい。茶だけもらおうかと思ったんだが、据え膳食わぬは何とやらだ」

定廻り同心は渋く笑った。

「茶碗でも丼でもお出しできますが」

と、幸太郎。

「茶碗でいいや。このあと、また押し込みの聞き込みだからな。胃の腑が重くなりすぎちゃいけねえ」

奥鹿野同心が歯切れよく言った。

「おつとめご苦労さまでございます」

おきくが頭を下げた。

茸の炊き込み飯と茶が出た。

奥鹿野同心がさっそく箸を取る。

「うめえな」

食すなり言う。

それを聞いて、きく屋の夫婦の顔に笑みが浮かんだ。

炊き込み飯をほおばり、茶を啜る。

茶碗の中身はあっという間になくなった。

「うまかったぜ。お代わり……と言いたいところだが、押し込みをひっ捕まえたらゆっくり呑むぜ」

奥鹿野同心は箸を置いてすっと腰を上げた。

「お待ちしております」

おきくの髪に挿したつまみかんざしの鶴がふるりと揺れた。

三

次のおもいで料理の注文が入ったのは、それからまもなくのことだった。

ただし、頼み人のおもいで料理ではなかった。

その日は菓子屋の講が行われていた。

宴もたけなわになり、おきくは酒のお代わりを運んでいった。

すると、世話人の桔梗屋《ききょうや》吉久《よしひさ》から声がかかった。

「初めて顔を出してくれた菱屋《ひしや》さんがおもいで料理をご所望ということだよ」

世話人は講でいちばん年若と思われる男を手で示した。

「菱屋の文吉《ぶんきち》と申します。こちらさまのおもいで料理のお話をうかがいまして、それならば手前ではなく父のおもいで料理をお願いできないかと存じまして」

菱屋のあるじはていねいな口調で言った。

「さようでございますか。では、あるじを呼んでまいりますので」

おきくが答えた。

ほどなく、穴子の蒲焼きの大皿を運びがてら、幸太郎が姿を現した。

「あるじの幸太郎と申します。お父様のおもいで料理をご所望とうかがいましたが」

料理を据えてから、幸太郎が言った。

「はい、さようでございます。本来なら、父がこちらにうかがうべきところなのですが……」

菱屋のあるじの表情が曇った。

「菱屋さんは長患いでね。うちの講も久しく休みで」

世話人が言う。

「本復すればまたと思っていたのですが、お医者さまの診立てによりますと、どうやら難しいということで」

菱屋の文吉があいまいな顔つきで言った。

「つらいことだね」

桔梗屋が鬢に手をやった。

言葉がとぎれる。

「で、そのお父さまのおもいで料理を」

おきくが控えめに言った。

「さようでございます。何か食べたいものはないかと父にたずねましたところ、亡き母がむかしつくってくれた玉子粥を食べたいと所望したのです」

菱屋のあるじが言った。

「玉子粥を」

幸太郎が少し身を乗り出した。

「はい。母は人まかせにせず、おのれの手で料理をつくるのが好きなたちで、精のつくものをいろいろつくってくれました。醬油酢問屋の三女で、小さいころから調味料に親しんでいたこともあろうかと」

文吉が言う。

「なるほど」

幸太郎はうなずいた。

「玉子粥は、父が体調を崩したときに母がよくつくっていたものでした。その味を、もう一度味わいたいというのが父の願いだったのです。そんなわけで、女房につくらせてみたのですが……」

文吉はあごに手をやった。

「お母さまの玉子粥とは違ったわけですね？」

おきくが問うた。

「そのとおりです。どうもひと味足りないということで」

菱屋のあるじが答えた。

「ひと味足りないと」

と、幸太郎。

「ええ。父がかつて食べた玉子粥とは、ほんの少し違うようで」

文吉が言った。

「菱屋さんも召し上がったと思うのですが」

おきくがややいぶかしげに言った。

母がつくった玉子粥を文吉も食べているはずだ。それなら、新たにつくった玉子粥に何が足りないか、思い当たるところがあってしかるべきだろう。

「それが……」

文吉は少し眉根を寄せてから続けた。

「お恥ずかしい話ですが、手前は玉子が苦手でございまして、母の玉子粥を味わったことがないのです」

「なるほど、それでは比べようがありませんね」

と、幸太郎。

「塩気が足りないとか、そういうことだろうかねえ」

世話人が言った。

「羊羹でも塩加減がいちばん大事だから」

「羊羹を甘くしたいのなら砂糖より塩で」

「決め手は塩ですからな」

菓子屋の講の面々が口々に言った。

「いずれにしましても、いつ病勢があらたまるか分からないので」

菱屋のあるじがつらそうに言った。

「承知しました」

幸太郎は座り直してから続けた。

「あさっては休みですので、玉子粥をつくってお届けに上がりましょう」

きく屋のあるじはそう請け合った。

「さようですか。それはありがたく存じます」

文吉が深々と頭を下げた。

おきくはいくらか不安げに幸太郎のほうを見た。

足りない「ひと味」は本当に塩でいいのか。

おもいで料理を再現することはできるのか。

不安が募った。

まなざしを感じた幸太郎は、ただちにうなずいた。

何か思うところがあるような顔つきだった。

四

翌日のきく屋ののれんは早めにしまわれた。

ただし、火はただちに落とされなかった。もう一つ、料理がつくられたからだ。

味わったのは客ではなく、おきくだった。

明日は菱屋に玉子粥を届ける。そのための試しづくりだ。

「まずはうちで出す玉子粥からだ」

幸太郎が碗を出した。

おきくがさっそく匙を取る。舌だめしだから、一杯の量はいたって少ない。

「……いつものやさしい味ね」

味わうなり、おきくが笑みを浮かべた。

「そうだな。ただ、これだとひと味足りないのかもしれない。そこで……」

幸太郎は次の碗を差し出した。

「ひと味加えたものね」

と、おきく。

「そのひと味を二種用意してみた。まずはこれからだ」

幸太郎は碗を手で示した。

おきくはまた舌だめしをした。

「あ、塩気が効いてる」

食したおきくが言った。

「汗をかくなりわいのお客さんには、このほうが喜ばれると思う」

幸太郎がうなずく。

「おもいで料理がこの味だったらいいわね」

おきくが言った。

「いや、次が真打ちだ」

幸太郎の手がまた動いた。

ほどなく、真打ちの碗が差し出された。

「いただきます」

両手を合わせてから、おきくが匙を取る。

「菱屋さんのお母さんの味は、これじゃないかと思ってね」

幸太郎が言った。

「……あっ、深い」

おきくの顔に驚きの色が浮かんだ。

幸太郎が手ごたえありげな笑みを浮かべる。

「この味は……お醬油ね」

おきくが言った。

「大当たり」

幸太郎は両手を打ち合わせてから続けた。

「菱屋さんのお母さんは、醬油酢問屋の三女だと聞いた。ならば、隠し味に醬油を使っていたんじゃないかと思ってね」

「なるほど、図星かも」

おきくの声に力がこもった。

「うちでも使ってる池田《いけだ》の下り醬油が隠し味だ。明日は小瓶に入れて持っていこうと思う。もし足りないようだったら足せばいいから」

幸太郎が引き締まった表情で言った。

「そうね。きっとこれがおもいで料理よ」

望みをこめて言うと、おきくはまた匙を動かした。

醤油で深みの出た玉子粥の味が、たましいに染み入るかのようだった。

五

菱屋は芝金杉通《しばかなすぎどおり》二丁目にある。

金杉橋を渡り、街道筋を品川《しながわ》のほうへいくらか進むと、江戸紫ののれんが見えてくる。

屋号の菱形が染め抜かれた品のいいのれんだ。

大川端からここまでかなり歩くから、せっかくの玉子粥が冷めぬように、倹飩《けんどん》箱《ばこ》に温石《おんじゃく》を入れて運んできた。

「やっと着いたな」

幸太郎が言った。

急くあまりつまずいたりしたら台なしだから、気を遣いながら歩いてきた。

「ひとまず関所を通れたわね」

付き添ってきたおきくが言う。

「次は味の関所だ」

幸太郎はそう答えて足を速めた。

屋号の由来でもある名物の菱餅に、菱形の羊羹と最中《もなか》。見世にはさまざまな菓子が並べられていた。

広くはないが、小上がりもある。ちょうど隠居風の男が茶と菓子を味わっていた。

来意を告げると、ほどなくあるじの文吉が姿を現した。

「ありがたく存じました。助かります」

頼み人は頭を下げた。

「では、さっそくおもいで料理を」

幸太郎は倹飩箱をかざした。

「どうぞこちらからお廻りくださいまし」

文吉が身ぶりをまじえた。

おかみも顔を見せた。二人の案内で奥の離れへ進む。

「支えがあれば、どうにか身を起こしてお粥を食べられると思います」

文吉が言った。

「では、それはお身内にやっていただければと」

と、幸太郎。

「もちろん、そうさせていただきます」

菱屋のあるじが答えた。

文吉の父で、病の床に伏しているのは益吉《ますきち》だった。名店で修業し、菱屋を開いた菓子職人だ。

屛風が据えられた小体《こてい》な隠居所で、益吉はあお向けになっていた。

余命いくばくもないという話だったが、さもありなんというたたずまいだ。

「さ、お父さん、きく屋さんに玉子粥をつくっていただきましたよ」

文吉が言った。

「身を起こしましょう」

おかみが手を伸ばす。

「わたしも手伝いましょう」

おきくが申し出た。

二人がかりで、ゆっくりと病人の身を起こす。

幸太郎は倹飩箱から玉子粥の碗を出した。

味が足りないときの備えとして、醬油の小瓶も持参している。やるべきことはやったから、あとは祈るばかりだ。

どうかこれがおもいで料理でありますように。

お母さまのおもいでがよみがってきますように……。


支度をしながら、幸太郎はそう祈った。

「では、匙を」

文吉が手を伸ばした。

「お願いします」

おきくが渡す。

これで支度が整った。

六

菱屋の創業者がおもいで料理を食す様子を、きく屋の二人は固唾を呑んで見守った。

「さ、もうひと口」

おかみの匙が動いた。

「おもいでの玉子粥だよ、お父さん」

文吉が声をかける。

ゆっくりとうなずくと、益吉は匙ですくわれたものを胃の腑に落とした。

「お母さまが醬油酢問屋の生まれだとお聞きしたもので、隠し味に醬油を入れてみました」

幸太郎が言った。

「ああ、なるほど」

文吉がすぐさま答えた。

「おもいでの味ならいいんですけど」

おきくが願いをこめて言った。

「もう少し食べるかい？」

文吉が問うた。

隠居の首が静かに縦に振られた。

匙が動く。

玉子粥が口に運ばれる。

時はかかったが、益吉の胃の腑にまた玉子粥が落とされていった。

そして……。

その目尻からほおにかけて、つ、とひとすじの水ならざるものがしたたり落ちていった。

「お父さん」

文吉が声をかける。

菱屋の創業者はゆっくりとうなずいた。

「おもいでの料理だったかい」

せがれがたずねた。

またうなずく。

「お母さまの、おもいでの味でしたでしょうか」

いくぶんかすれた声で、おきくが問うた。

「ああ……この味だ。おっかさんの、味だ」

のどの奥から絞り出すように言うと、益吉は続けざまに目をしばたたかせた。

きく屋の二人の目と目が合った。

どちらの瞳もうるんでいた。

第八章　よきこと到来

一

菱屋の隠居の訃報が届いたのは、それからまもなくのことだった。

葬儀を終えた文吉が、大川端のきく屋まで足を運んで伝えてくれた。

「おもいでの玉子粥を食べられて、父も満足だったと思います」

菱屋のあるじはしみじみと言った。

「そう言っていただければ、おつくりした甲斐があります」

幸太郎が答えた。

一枚板の席には、升屋の喜三郎が陣取っていた。おきくが菱屋のおもいで料理の話を手短に伝える。

「そうかい。おっかさんのおもいでの味を」

喜三郎がうなずいた。

「はい。隠し味が醬油だったときく屋さんが気づいて、父のおもいでの味をよみがえらせてくださいました」

文吉が言った。

「いまごろは、向こうで一緒に召し上がっているでしょう」

と、おきく。

「そうですね。親子水入らずで」

菱屋のあるじは感慨深げにうなずいた。

「また一つ徳を積んだね」

喜三郎が温顔で幸太郎に言った。

「いえ、つとめを果たしただけで」

きく屋のあるじは謙遜して言った。

「亡き父が、きっとよきことを届けてくれるでしょう」

文吉が笑みを浮かべた。

「よきことを」

おきくが繰り返す。

「おもいで料理のお返しだね。いいことがあるよ」

升屋の隠居はそう言うと、さくっと揚がった穴子の天麩羅を口に運んだ。

「では、また向後は講でお世話になります」

菱屋のあるじが頭を下げた。

「お待ちしております」

おきくが笑顔で答えた。

二

よきこと、は本当にやってきた。

きく屋ののれんを人知れずくぐってくれた。

おきくがまた子を宿したのだ。

松太郎とおはなを産んだ経験があるから、察しがついた。幸太郎が産婆を呼ぶと、間違いなく身ごもりだということだった。

「東庵《とうあん》先生に伝えてくるけど、いまのところ大丈夫そうね」

産婆のおとめが笑みを浮かべた。

薬研堀から来てくれた腕のいい産婆だ。

「生まれるのはいつごろでしょう」

幸太郎がたずねた。

「それは産科の先生から。だいたい分かるけど、わたしがいい加減なことを言うわけにもいかないから」

気のいい産婆が答えた。

産科医の染谷《そめや》東庵は翌日に来てくれた。

「いたって順調ですね」

つややかな総髪の医者が笑みを浮かべた。

いまだ少壮だが、父が開いた両国橋西詰の診療所を受け継ぎ、民からの信頼が厚い。老齢ながらも父も医者として健在で、診療所で患者を診ている。往診は息子の東庵の役目だ。

「ありがたく存じます。ほっとしました」

おきくが胸に手をやった。

「そうしますと、生まれるのはいつごろになりましょうか」

幸太郎がたずねた。

「今年の暮れか、あるいはお正月にずれこむかもしれません。いまのところは、そういう心づもりで」

産科医が答えた。

「承知しました。ありがたく存じます」

幸太郎はていねいに頭を下げた。

「いまが大切なときですので、重いものを持ったり、走ったりしないでください。何事も慎重に」

東庵が言った。

「はい。肝に銘じておきます」

おきくは引き締まった顔つきで答えた。

「では、また折にふれて様子を見にまいりますので」

医者はそう言って腰を上げた。

「ありがたく存じました」

「向後もよろしゅうお願いいたします」

きく屋の夫婦の声がそろった。

三

おきくが身ごもったことは、きく屋の常連からだんだんに伝わっていった。

祝いの品も届いた。

菓子屋の講の重鎮、鯛屋の隠居の半次郎からは、立派な押し物の鯛が届いた。

見世の名にちなむ看板の菓子だ。

「ありがたく存じます、ご隠居さん」

おきくが礼を述べた。

「あきない物で悪いが、縁起物だからね」

半次郎は笑みを浮かべた。

「さっそくいただきます。甘いものを食べたくなってきているので」

おきくも笑顔で答えた。

「そうかい。そりゃちょうどいいね」

と、半次郎。

「昨日はどうしても干し芋が食べたいと言いだすもので、つてを頼って買ってまいりました」

幸太郎が言った。

「はは、子ができたら、食べ物の好みが変わったりするから」

鯛屋の隠居が温顔で言った。

「子が欲しがっているのかもしれませんね」

おきくは帯に手をやった。

「芋は土の下で育つものだから、身の養いになるからね」

半次郎がうなずく。

「ええ。しっかり身を養って、お産に備えます」

おきくはいい声で答えた。

美濃前洞藩主からは、張り子の狗《いぬ》をもらった。

これは安産のお守りだ。

「良い子を産め」

森繁右京と名乗る武家はそう言って、一枚板の隅に置いた張り子の狗の頭をぽんとたたいた。

「ありがたく存じます。毎日なでるようにいたします」

おきくが笑みを浮かべた。

松太郎とおはな、二匹の猫が興味深げに張り子の狗を見上げる。

そのうち、こらえきれなくなった松太郎がひょいと飛び乗った。おはなも続く。

「仲良くするのよ」

おきくが言った。

「これ、いま蒲焼きをお出しするから」

幸太郎が厨から言った。

「食われたら困るからな」

お忍びの藩主はそう言うと、猫を一匹ずつ土間に下ろした。

松太郎とおはながぶるぶると身をふるわせる。

「お待たせいたしました」

蒲焼きができた。

鰻でも穴子でもない。秋刀魚の蒲焼きだ。

「これはまた酒に合うな」

食すなり、快男児が白い歯を見せた。

四

「またにぎやかになるな」

独楽廻しの辰が笑みを浮かべた。

「ええ、無事に生まれてくれれば」

おきくが帯に手をやった。

「手伝いが要るんじゃないですかい？」

地獄耳の安が問うた。

今日は十手持ちと下っ引きが二人一組で動いている。どうやら遠からぬところで押し込みが起きたらしい。きく屋に立ち寄り、茶を所望して一枚板の席で休んでいるところだ。

「さようですね。近々、大人数の宴もあるもので」

幸太郎が答えた。

「以前から手伝ってくださっているおまつさんは、先だってお産をしたばかりなので、まだとても無理かと」

おきくも言う。

薬研堀の錺職の女房のおまつは、先代のころから折にふれてきく屋を手伝ってくれている。おのれが都合がつかないときは、身元がたしかな代役を探してきてくれるから実に助かった。

さりながら、歳はおきくよりひと回りほど上だが、またお産をしたと聞いた。とてもきく屋の手伝いどころではない。

「その話は耳に入ってたんで」

地獄耳の安が耳に手をやった。

「二階で宴があると階段の上り下りが難儀になりそうですし、だれか雇わなければなりませんね」

きく屋のあるじが言った。

「なら、おいらの姪でよけりゃ、話をしてくるぜ。前からどこぞで働きたいと言ってたもんで」

独楽廻しの辰が言った。

「そりゃ、渡りに船で」

地獄耳の安が両手を一つ打ち合わせた。

「ああ、それだったら身元もたしかだし」

おきくがうなずく。

「弟はちゃんとした職人だからよ」

十手持ちが笑みを浮かべた。

「どういう職人で？」

幸太郎がたずねた。

「錺職だ。なかなかの腕だぜ」

独楽廻しの辰は二の腕を軽くたたいた。

「だったら、おまつさんのつれあいと同じで」

と、おきく。

「これも縁ですな」

地獄耳の安が言った。

「よし。さっそく見廻りがてら、話をしてこよう。嫌だとは言うまいよ」

十手持ちはそう言って湯呑みを置いた。

「どうかよろしゅうお願いいたします」

おきくがていねいに頭を下げた。

五

段取りはとんとんと進んだ。

宴の前の日に、手伝いの娘は伯父の十手持ちとともにきく屋ののれんをくぐってきた。

名はおつや。

歳は十四で、愛嬌のあるなかなかの小町娘だ。

「おう、よろしゅう頼むな」

独楽廻しの辰が右手を挙げた。

「よろしゅうお願いいたします」

おつやが頭を下げる。

張りのあるいい声だ。

「こちらこそ、よろしゅうに」

おきくが笑顔で迎えた。

一枚板の席には先客がいた。

蔦屋の隠居の半兵衛とお付きの手代の新吉、それに、戯作者の乗加反可だ。

「これはこれは、いい助っ人が見つかりましたな」

半兵衛が温顔で言った。

「嫁入りの修業みてえなもんで」

と、十手持ち。

「かわら版にちらっと載せてもよろしゅうございますか」

乗加反可が如才なく訊いた。

「そりゃかまいませんよ。婿を募ってると書いてやってくだせえ」

独楽廻しの辰が笑みを浮かべた。

「うちもかまいませんので。お運びでも厨の修業でも、千客万来で」

幸太郎が言った。

「なら、長くは書けませんが、勘どころだけ」

かわら版の文案づくりも手がけている戯作者が言った。

「よろしゅうお願いいたします」

おきくが頭を下げた。

その後はおつやを望洋の間に案内した。

「階段はそう急じゃないけど、つまずかないように気をつけてね」

おきくが言った。

「はい」

娘はしっかりした足どりで階段を上った。

松太郎とおはなもついてくる。

「えらいわね」

おつやが笑みを浮かべた。

猫は好きなようだから重畳だ。

「ここが望洋の間。明日の宴もここで」

おきくが大川のほうを手で示した。

「わあ」

おつやが声をあげた。

「きれいなながめですね。舟も見える」

娘は興奮の面持ちで言った。

「うちの自慢の座敷なので。小人数なら衝立で仕切るんだけど、明日は宴だから」

きく屋のおかみが言った。

「大川をながめながらお食事ができるのは何よりですね」

と、おつや。

「みなさん、そう言ってくださいますよ」

おきくが笑顔で答えた。

下見を終えたおつやは、おきくとともに一階に戻った。

「ながめがよかっただろう」

伯父の十手持ちが言った。

「ええ、びっくりしました」

おつやが答える。

「うちの講でも使わせてもらってるけど、あそこからのながめは江戸一だよ」

蔦屋の隠居がそう言って、天麩羅を口中に投じた。

秋の味覚の松茸だ。

「おいしゅうございます」

手代の新吉が感激の面持ちで言う。

よその隠居はいざ知らず、半兵衛のお付きだと手代までおいしいものを食すことができる。

「もう文案はまとまったので、近いうちに」

乗加反可が言った。

「先生はやることがお早いので」

きく屋のあるじが白い歯を見せた。

六

翌日は祝言の宴が催された。

大伝馬町の糸物問屋、三河屋伝兵衛《みかわやでんべえ》の跡取り息子の宴で、出席者はかなりの数に上っていた。

おつやは早めにやってきた。

「落ち着いてね」

おきくが言った。

「はい。階段をしっかり上り下りします」

十四の娘が笑みを浮かべた。

「わたしもちょくちょく顔を出すからね」

厨で支度をしながら、幸太郎が言った。

「お酒が入るといろいろ言ってくるお客さんがいるかもしれないけど、さらっと受け流しておいて」

おきくが言った。

「困ったら、きくに言ってくれ」

と、幸太郎。

「承知しました」

おつやはやや緊張気味に答えた。

おめでたい焼き鯛に活けづくり。婚礼の宴の料理は次々に運ばれていった。

固めの盃が滞りなく終わると、海老に鱚に鯛、縁起物の天麩羅が運ばれた。

「そうそう、慎重に」

おきくがおつやを見守る。

十四の娘は運び役を大過なくこなしていった。

「酒のお代わりを」

客が酒器を振る。

「はい、ただいまお持ちします」

受け答えにもそつがなかった。

新婦も新郎と同じ糸物問屋の娘で、どちらの身内にも酔って乱れる難儀な客はいなかった。祝いの宴は、ほうぼうで笑顔の花を咲かせながら滞りなくお開きとなった。

「お疲れさま」

客を見送ったあと、おきくがおつやの労をねぎらった。

「どうにか終わりました」

おつやは胸に手をやった。

「堂に入ったものだったよ。これからも頼みます」

幸太郎が白い歯を見せた。

「はいっ」

十四の娘が、いい声で答えた。

七

かわら版ができた。

持ってきたのは地獄耳の安だ。

できたてのかわら版は、繁華な両国橋の西詰でさっそく売りさばいてきたようだ。

「相変わらずの名調子ですぜ」

下っ引きはそう言って刷り物を渡した。

「拝見します」

おきくが受け取った。

「手が離せないから読んでくれ、きく」

幸太郎が厨から言った。

小人数だが、望洋の間で寄り合いが入っていた。

松茸に舞茸にかき揚げ、それに海老天。いまは揚げ物に精を出しているところだ。

「承知で」

おきくは短く答えると、のどの具合を調えてから文面を読みはじめた。


大川端のきく屋は、大川のながめが佳《よ》き料理屋なり。

この名店に、よきことが到来したり。

すなはち、おかみのおきくが、このたびめでたく身ごもりしなり。

身重とならば階段のお運びが剣呑にて、手まはしよく新たな娘を雇ひいれたり。

十手持ちの独楽廻しの辰親分が娃なれば、身元はたしかなり。

お運びばかりでなく、きく屋では厨の修業も受け付けてゐるなり。景色佳き料理屋は、向後ますます繁盛すべし。善哉善哉《よきかなよきかな》。


「ありがたいことだね」

幸太郎が言った。

「名前まで出していただいて、ちょっと恥ずかしいけれど」

かわら版を読み終えたおきくが言った。

「これで厨の修業も来ますすぜ」

地獄耳の安が笑みを浮かべた。

「そんなに調子よくいきましょうか」

幸太郎は首をかしげた。

「いや、こういうのは勢いなんで」

下っ引きが妙な身ぶりをまじえた。

その言葉は、正しかった。

きく屋に料理人志望の若者がやってきたのは、それからまもなくのことだった。

第九章　料理修業

一

きく屋を訪ねてきた若者の名は新平《しんぺい》だった。

年は十五。

役者でもつとまりそうな、容子《ようす》のいい若者だ。

「こ、こちらはきく屋さんですね？」

初顔の若者はずいぶん緊張の面持ちでたずねた。

「さようでございますが」

おきくがややいぶかしそうに答えた。

一枚板の席には、戯作者の乗加反可と碁打ちの影野元丈が陣取っていた。舞茸の天麩羅を肴に一献傾けていた二人の客も若者のほうを見る。

「あの、これを……」

若者はふところから刷り物を取り出した。

「おっ、それは見憶えがあるね」

乗加反可がすぐさま言った。

「ひょっとして、料理人志望の方でしょうか」

おきくが察しをつけて訊いた。

「は、はい……おとっつぁんが料理人で、あの、おととし死んじまって、それで……」

若者は顔を真っ赤にして口早に言った。

「落ち着いて、ゆっくりしゃべりなさい」

影野元丈がなだめるようなしぐさをした。

「おとっつぁんの跡を継いで、料理人になりたいと？」

幸太郎が手を拭きながら厨から出てきた。

「さようです。かわら版を読んだので」

上気した顔で若者は言った。

「その文案をつくったのは、やつがれで」

乗加反可がおのれの胸を指さした。

「まあおかけくださいな」

おきくが一枚板の席を手で示した。

「あ、はい、では……」

若者は遠慮気味に乗加反可の隣に座った。

ほどなく、若者の名と住まいが分かった。

新平が住んでいるのは薬研堀だから、すぐ近くだ。

料理人を志した経緯も分かった。

新平の父は魚の棒手振りで、長屋の女房衆にはその場で巧みにさばいて重宝がられていた。

刺身ばかりでなく料理の心得もあり、いずれはおのれの見世を持つことが夢だった。

しかし……。

その夢が叶うことはなかった。新平の父は早患いであっけなくあの世へ旅立ってしまったのだ。

残された新平の母は、染め物の内職をしながら女手一つでわが子を育てあげた。

その母に楽をさせるべく、父の遺志を継いで料理人になって見世を持つことが、いつしか新平の宿願となった。

父がまだ達者だったころに包丁の手ほどきを受けており、魚をおろすこともできるという話だった。

「それなら、善は急げだ。講があるから、さっそく明日から来てくれるか」

幸太郎が言った。

「はいっ。お世話になります」

若者の瞳が輝いた。

「かわら版がつむいだ縁だ。気張ってやっておくれ」

乗加反可が笑みを浮かべた。

「気張ってやります」

新平が引き締まった顔つきで言った。

「どうかよろしゅうに」

おきくが笑顔で頭を下げた。

二

翌《あく》る日——

新平はきく屋へ早めにやってきた。

「包丁を持ってきました」

若者はさらしに巻いたものを見せた。

「刺身包丁だな」

幸太郎が言った。

「へえ、おとっつぁんの形見で」

やや緊張の面持ちで若者が答えた。

「見せてみな」

幸太郎がうながした。

新平はさらしを外し、包丁を取り出した。

ちゃんと磨けているかどうか、料理人の目で幸太郎が検分する。

「よし、いいだろう」

幸太郎はうなずいた。

若者はほっとした顔つきになった。

「刺身はちょうどいい頃合いにお出しする。まずは、ほかの料理の仕込みだな。気張っていこう」

幸太郎が白い歯を見せた。

「へいっ」

新平が気の入った声で答えた。

茸の炊き込みご飯に各種の天麩羅、それに、穴子の蒲焼き。仕込みは着々と進んだ。

「穴子の仕込みはまだまだだな」

幸太郎が言った。

「あんまり場数を踏んでないんで」

新平はあいまいな顔つきで答えた。

「そうだ、場数だな。数を重ねるごとにうまくなっていく」

と、幸太郎。

「気張ってやります」

ねじり鉢巻きの若者が引き締まった顔つきで答えた。

今日は望洋の間で講が行われる。

蔦屋の半兵衛と升屋の喜三郎、常連の両大関とも言うべき二人の隠居を含む、きく屋ではいちばんなじみの講だ。

祝言の宴の料理などとは違って、気のおけない客ばかりだから気は楽だ。新平の初陣としてはもってこいといえる。

「あっ、ご苦労さまです」

おきくが声を発した。

運び役のおつやが顔を見せたのだ。

「よし、顔つなぎだ」

幸太郎がぽんと一つ手を打ち合わせた。

「料理修業の方が入ったの」

おきくがおつやに言った。

十四の娘がうなずく。

新平が厨を出た。

若者と娘が、初めて顔を合わせた。

三

「し、新平です。よろしゅうに」

厨の修業に来た若者はどぎまぎしながら言った。

「つや、と申します。どうぞよろしゅうに」

おつやが頭を下げた。

新平が十五、おつやが十四。

似合いの若者たちがきく屋に加わった。

「今日はなじみのご隠居さんたちの講だから、あいさつがてら」

おきくが言った。

「料理を運ぶときに紹介するからな」

幸太郎が新平に言った。

「へえ、承知で」

まだいくらか硬い顔つきで新平が答えた。

「では、まず二階の席のしつらえから」

おきくがおつやに言う。

「承知しました」

新たなお運びの娘がいい声で答えた。

茸の炊き込みご飯の仕込みには新平も加わった。

三種の茸を混ぜればいい味が出ること。名脇役の油揚げは必ず用いること。

幸太郎が教えるたびに、新平は真剣なまなざしで聞いていた。

そうこうしているうちに、二階のしつらえが終わった。

「よいしょ、と」

声を発しながら、おきくが床几《しょうぎ》に腰を下ろした。

おなかがもっと大きくなっても楽なようにと、幸太郎が大きめの床几を運んできた。按配《あんばい》のいい座布団が敷かれているから、座ると楽をすることができる。

「あとは待ちですね」

おつやが言う。

「おつやちゃんも座ってて。ずっと立ってたら疲れるから」

おきくは一枚板の席を手で示した。

「なら、少しだけ」

手伝いの娘は控えめに腰を下ろした。

ややあって、蔦屋の半兵衛が真っ先に姿を現した。

手代も一緒だ。

おつやがすぐさま腰を上げる。

「お運びと厨の修業、二人も若い力が入りました」

幸太郎が厨から言った。

「そうかい。そりゃ何よりだね」

半兵衛が笑みを浮かべた。

「ちょっと気が早いけれど、これで安心してお産ができます」

おきくが帯に手をやった。

「なに、あっという間だよ」

蔦屋の隠居が言った。

ここで新平が幸太郎とともに出てきた。

「ほう、いい面構えだ」

半兵衛が言った。

「今日は弟子にも腕だめしをやらせてみますので」

と、幸太郎。

「よろしゅうお願いいたします」

新平は深々と一礼した。

「いいお辞儀だね。その心がけがあれば大丈夫だよ」

講の世話人が太鼓判を捺《お》した。

「しくじるかもしれませんが、気張ってやります」

まだ緊張の面持ちで、若い料理人が言った。

「たとえしくじっても、うちの講なら大丈夫だよ。曲がった天麩羅でも持ってきてください。黒焦げだったら困るけれど」

蔦屋の隠居がそう言ったから、きく屋に和気が漂った。

四

一人また一人と講の面々が集まってきた。

厨も忙しくなってきた。

「そろそろ刺身だ。腕を見せてくれ」

幸太郎が言った。

「へえ」

新平は一つうなずくと、父の形見の包丁を動かしだした。

おのれも手を動かしながら、幸太郎が見守る。

父から包丁の手ほどきを受けたとあって、一応のところはこなせていた。

しかしながら、料理人の目から見ると、まだまだ粗が目立った。

「もう少し背筋を伸ばせ」

幸太郎が言った。

「へえ」

新平は言われたとおりにした。

だが……。

またしばらく経つと、若者の背はまるまってきた。

「猫背は猫にまかせておけ」

厨の隅につくってもらった寝床で安楽に寝ている三毛猫のおはなをちらりと見て、幸太郎が言った。

「へえ、すんません」

新平がまた背筋を伸ばした。

「こうやってしゃんと背筋を伸ばし、すっすっと包丁を手前に引く。そうすれば、きれいな刺身になる」

幸太郎は手本を示した。

厨修業の若者がじっと見る。

目で見るのも学びだ。

「新平さん、しっかり」

二階から戻ってきて様子を見ていたおつやが声をかけた。

「承知で」

新平が白い歯を見せた。

そのやり取りを見て、おきくが笑みを浮かべた。

五

講の面々があらかた出そろったところで、刺身の大皿が運ばれた。

「弟子にもやらせたので、ご了解いただきたいと存じます」

幸太郎が先に言った。

「厨に加わった新平さんで」

おきくが紹介した。

「新平です。どうぞよろしゅうに」

十五の若者が頭を下げた。

「気張ってやりなさい」

「役者みたいだね」

「いい料理人になるよ」

講の面々が口々に言った。

手伝いのおつやも紹介された。

「そうかい、独楽廻しの辰親分の姪御さんかい」

「ちょっとずつ慣れていけばいいよ」

「階段だけ気をつけて」

またほうぼうから声が飛んだ。

「はい、気張ってやりますので、どうぞよろしゅうに」

おつやは明るい声で答えた。

厨に戻った新平は、幸太郎の指導のもとに天麩羅を揚げだした。

「天麩羅は目で見て、耳で聞け」

幸太郎はそう教えた。

火が通ったら浮いてくる。

始めは大きかった音が小さくなってくる。

そうなれば、もう頃合いだ。

「へえ」

菜箸を握った新平が答えた。

「よし、揚げて油を切れ」

幸太郎が言った。

新平は鱚天の油をしゃっと切った。

いい手つきだ。

「どんどん揚げるぞ」

幸太郎が声をかけた。

「へいっ」

新平は気の入った声を発した。

六

鱚に海老に茄子。

茸に甘藷にかき揚げ。

天麩羅の盛り合わせが仕上がった。

「さすがに曲がった穴子は出せないな」

幸太郎が言った。

「へえ、すいません」

新平が髷に手をやった。

穴子の一本揚げにはこつが要る。菜箸のわずかな逡巡《しゅんじゅん》で、穴子は丸まってしまう。ほかの天麩羅はわりかた上手に揚げていた新平だが、穴子だけはしくじってしまった。

「まかないになるからいいわよ」

おきくが言った。

「わたしもいただきます」

おつやも笑みを浮かべる。

「よし、なら手分けして運ぼう」

幸太郎が両手を打ち合わせた。

「天つゆと大根おろしはわたしたちが」

おきくが言った。

「はい」

おつやがすぐさま答えた。

望洋の間へ、揚げたての天麩羅が運ばれた。

「おお、来た来た」

「どれもうまそうだね」

講の面々が言った。

「しくじった穴子はまかないに」

幸太郎が言った。

「次は気張ります」

だいぶやわらいだ顔つきで、新平が言った。

その後は新平の身の上の話になった。

父は魚の棒手振りで、おのれの見世を出すのが夢だったが、おととし亡くなってしまったこと。

同じ薬研堀に住む母は、染め物の内職で新平をここまで育ててくれたこと。

幸太郎が伝える勘どころを、講の面々は箸を動かしながら聞いていた。

「気張ってやりなさい」

「いつかはおとっつぁんの夢だった見世を持てるといいね」

「だったら、きく屋ののれん分けだ」

講の面々が言った。

「へえ、おっかさんに楽をさせてやりたいです」

新平が芯のある声で言った。

「それはいい心がけだね」

蔦屋の半兵衛がうなずいた。

「そのためには、一にも二にも、日々の修業の積み重ねだよ」

升屋の喜三郎が言う。

「へいっ、気を入れてやります」

若者が引き締まった表情で答えた。

七

それからしばらく経った。

秋はだんだんに深まり、大川端ではときおり冷たい風が吹いた。そろそろあたたかいものも恋しくなる時分だ。

その後も宴は折にふれて行われた。大小の講もあった。厨修業の新平も、お運びのおつやも、少しずつ場数を踏んでいった。

そんな昼下がり――。

独楽廻しの辰親分が子分の地獄耳の安とともにきく屋に姿を現した。

「おう、どうだ、運び仕事は慣れたか」

親分は姪のおつやに声をかけた。

「はい。階段の上り下りにも慣れてきました」

おつやが答えた。

「そんな時分につまずいてひっくり返したりするんだ。気をつけな」

独楽廻しの辰が言った。

「はい、気をつけます」

明るい声が返ってきた。

「厨の修業のほうはどうでえ」

地獄耳の安が問うた。

「毎日、気張ってやってくれてますよ」

幸太郎が言った。

「日々の学びで」

と、新平。

「それが何よりだ。今日は何をつくったんでえ」

親分がたずねた。

「栗ご飯を炊きました。まだたんとあります」

新平が答えた。

「栗がぷっくりしておいしいですよ」

おきくが言った。

「そりゃ食わなきゃな」

「ちょうど小腹が空いてたんで」

十手持ちとその子分が乗り気で言った。

というわけで、一枚板の席で栗ご飯と茶がふるまわれた。

「おお、栗が大ぶりでうめえな。甘みも深《ふけ》えや」

食すなり、独楽廻しの辰が言った。

「飯もうめえ。塩気がちょうどいいや」

地獄耳の安も満足げに言う。

「おのれの見世でこいつを出したら大人気だぜ」

親分がいささか気の早いことを言った。

「まだ先の話で」

新平があわてて手を振る。

「まあ、一つずつ引き出しをつくっていければ」

幸太郎が手ごたえありげな顔つきで言った。

八

次の日――。

新平の母が初めてきく屋へやってきた。

「内職が忙しくてごあいさつが遅くなってしまいました。この子がお世話になっております。これはお口に合いますかどうか」

品のいい片滝縞の着物をまとった女が包みを渡した。

名はおすまだ。

さすがは役者にしたいご面相の新平の母で、整った顔立ちをしている。

「まあ、ありがたく存じます。頂戴します」

おきくはていねいに受け取った。

おすまの手土産は江戸の名店、風月堂音吉《ふうげつどうおときち》の焼き菓子だった。わざわざ買いに行ってくれたらしい。

「毎日、気張ってやってくれていますよ」

幸太郎が出てきて笑顔で言った。

「はい、本人もやる気を見せているようなので」

おすまが笑みを返した。

「この年ごろは日に日に腕が上がりますから。いいだしが引けるようになったので」

きく屋のあるじが言った。

「鍛えてやってくださいまし」

おすまが言った。

「何か舌だめしをしていかれては？」

おきくが水を向けた。

「宴のお客さんのご所望で、これから松茸を焼くけど、おっかさん」

新平が厨から言った。

「松茸がたくさん入ってるんです」

おつやが言った。

ちょうどその日は小人数の宴があり、十四の娘も手伝いに来ていた。

「おいらの手間賃から引くから」

新平が言う。

「どうぞ遠慮なく」

おきくも勧める。

「そう、なら、少しだけ」

おすまは笑みを浮かべた。

まずは宴の客の松茸が焼きあがった。

裂いた松茸を網焼きにして、醬油を垂らして食す。これだけで存分にうまい。

「運んでまいります」

おつやがきびきびと動いた。

「お願いします」

おきくが言った。

まだお産には間があるが、このところのお運びはなるたけ任せるようにしている。おつやがいないときは、幸太郎と新平が運ぶ。

「いい娘さんですね」

おつやの背を見送ったおすまが言った。

「ええ、とても助かってます。何より明るいし」

きく屋のおかみが笑顔で言った。

おすまの松茸が焼けた。

「お待たせいたしました」

新平が母に茶とともに運んできた。

「おいしそうね」

おすまがのぞきこむ。

「熱いうちにお召し上がりください」

新平はなおもよそ行きの口調で言った。

「お見世に来てるみたい」

おすまがそう言って箸を取った。

「いや、お見世だから」

新平が表情をやわらげた。

母の箸が動く。

料理修業中のせがれが見守る。

「……おいしい」

おすまが目をまるくした。

その様子を見て、幸太郎とおきくも笑顔になった。

第十章　幸や由来

一

さらにしばらく経った。

きく屋では晩秋にふさわしいあたたかい料理がよく出るようになった。

その日は菓子屋の講だった。二階の望洋の間には、ほうとうの鍋が運ばれた。いささか重いので、幸太郎と新平が運び、おきくとおつやは箸と匙と取り皿を受け持った。一階には囲炉裏をしつらえた部屋もあるのだが、二階にはない。

一枚板の席には、常連の乗加反可と影野元丈が陣取っていた。

「二人分のほうとう鍋はできますかい？」

二階から戻ってきた幸太郎に向かって、乗加反可がたずねた。

「ええ、できますよ。味噌味と醬油味、二種ができますが」

幸太郎が答えた。

とろみのある幅広麺のほうとうは、さまざまな野菜とともに煮込むとうまい。味つけは信州が味噌味、深谷《ふかや》などの武州では醬油味だ。

「なら、味噌味でよろしいでしょうか」

元丈が戯作者に訊いた。

「望むところで」

乗加反可が右手を挙げた。

ややあって、ほうとうができた。

「南瓜がうまいですな」

さっそく味わった乗加反可が言った。

「油揚げもいいつとめで」

元丈が笑みを浮かべた。

ここで二階からおつやが戻ってきた。

酒の追加くらいなら、もう一人で運べる。お酌もできる。ずいぶんときく屋の力になっていた。

「だいぶ慣れたね」

乗加反可が声をかけた。

「ええ。次のお休みに、舌だめしのお供に行くことになって」

おつやが瞳を輝かせた。

「ほう、舌だめしかい」

と、戯作者。

「新平さんの舌だめしのお供をつとめることに」

おつやが答えた。

「舌でおぼえるのも料理人の学びなので」

幸太郎が厨から言った。

「どんな見世に行くんだい」

碁打ちがたずねた。

「鰻屋さんには行くつもりです」

新平が答えた。

「わたしは甘いものも食べたいので」

おつやが言う。

「若いんだから、ほうぼうを廻ればいいよ」

乗加反可がそう言って、ほうとうをまた口中に投じた。

二

講が終わった。

おおむねすぐ帰路に就いたが、きく屋に残ってさらに呑む者もいた。

鯛屋の半次郎と桔梗屋の吉久。二人の顔役も陣取ったから、一枚板の席はにぎやかになった。

もう重いものはいらないということだったので、松茸と水菜の煮浸しを出した。

「弟子にやらせたんですが、いかがでしょう」

幸太郎がたずねた。

「うん、言われなければ分からないよ」

半次郎が温顔で言った。

「料理人を十年やってるような肴だね」

桔梗屋のあるじも笑みを浮かべた。

「ありがたく存じます」

新平のいい声が響いた。

「よし、締めに柿を焼くぞ」

幸太郎が言った。

「へいっ」

料理修業の若者がいい声で答えた。

講が終わったので、おつやは帰り支度を整えた。

「おつやちゃんにも柿をどう?」

おきくが水を向けた。

「そうだな。食べていってくれ」

幸太郎が笑みを浮かべた。

「柿は焼くとびっくりするほど甘くなるんだよ」

新平が言った。

「へえ、ほんと?」

おつやが目をまるくした。

「ほんとだよ。おいらが焼くから」

新平が二の腕をぽんとたたいた。

「焼き柿ならやつがれも」

乗加反可が手を挙げた。

「では、わたしも」

元丈も続く。

「なら、付き合うかね」

鯛屋の半次郎が笑みを浮かべた。

「締めにはよさそうですな」

桔梗屋の吉久も言った。

そんなわけで、おつやを含む頭数分の焼き柿がふるまわれた。

柿を網焼きにするだけでも存分に甘くなるが、仕上げに味醂《みりん》を回しかけるとさらに甘くなる。流山《ながれやま》で醸造されたこくのある上等の味醂だ。

「はい、どうぞ」

厨の隅の床几に腰かけたおつやに、新平が皿を渡した。

「わあ、おいしそう」

おつやが皿を受け取った。

「おまえもどうだ、きく」

幸太郎が問うた。

「なら、いただくわ」

もう一つの床几に座り、松太郎をなでていたおきくが答えた。

「あっ、おいしい。甘い」

おつやの声が弾んだ。

「これはもう菓子だね」

鯛屋の隠居が言った。

「たしかに、この甘さは癖になりますね」

桔梗屋の吉久がうなる。

「名物になってもおかしくないですな」

と、戯作者。

「対局中にも食べたいですよ」

元丈が言った。

「ああ、ほんとにおいしい」

おつやの髭がまた動いた。

その様子を、新平が笑顔で見守っていた。

三

次の休みの日——。

新平とおつやは両国橋の西詰で待ち合わせて舌だめしに向かった。

「まずは鰻屋さんだね」

新平が言った。

「ええ。いいお天気になってよかった」

おつやが笑みを浮かべた。

今日は雀のつまみかんざしを挿している。愛嬌のある雀が明るい娘にとても似合っていた。

「そうだね。まずは鰻新《うなしん》さんから」

新平が右手を挙げた。

「どうぞよろしゅうに」

おつやがこくりと頭を下げた。

両国橋の西詰から浅草のほうへいくらか歩いたところに、鰻の名店の鰻新がある。繁華な両国橋の西詰で芝居や見世物を見物してから、鰻新で食事をして帰る客は多かった。

「名に同じ『新』が入ってるから、前から気になってたんだけど、入るのは初めてだね」

新平がいくらか足を速めた。

「ちょっとどきどきしてきた」

おつやが胸に手をやった。

「大丈夫だよ。若くても客なんだから」

新平が笑みを浮かべる。

「舌だめしのお代も出していただいたし」

と、おつや。

「そうだね。ありがたいことだ」

新平が答えた。

べつに見世の前に列はできていなかった。鰻新ののれんをくぐった新平とおつやは、通りが見える落ち着いた席に案内された。

鰻の蒲焼きと肝吸い。

二人は同じものを頼んだ。

鰻丼もできるが、このあと甘いものの舌だめしもある。満腹にならないように控えめにしておいた。

蒲焼きが来た。

つややかで、見ただけでおいしそうだ。

「ああ、いい匂いだ」

新平が手であおいだ。

「じゃあ、いただきましょう」

おつやが言った。

「そうだね。まずは蒲焼きから」

新平が箸を伸ばした。

さすがは名店の味だった。

毎日つぎ足しながら使っているというたれの味の深さもさることながら、焼き加減が絶妙だ。

「これはいくらでも胃の腑に入るね」

新平が感心の面持ちで言った。

「鰻のほうから飛びこんできてくれるみたい」

おつやも言う。

「ああ、肝吸いもうまい」

吸い物を啜った新平が満足げに言った。

「いずれお見世で出せそう?」

おつやが問うた。

「蒲焼きなら、鰻も穴子もできるから、気張ったら出せると思う」

新平は答えた。

「気張ってね」

おつやが笑みを浮かべた。

「ああ、気張るよ。おとっつぁんの夢だった見世を出すんだ」

新平はそう答えると、また蒲焼きを口中に投じ入れた。

四

次は甘味処だ。

両国橋の西詰からいくらか離れた目立たないところに、品のいいのれんが出ていた。

「前に幼なじみと来たことがあるの」

おつやが言った。

「へえ、近くを通ったけど気づかなかった」

新平が言った。

「餡巻きがとってもおいしいから」

おつやが笑みを浮かべた。

小上がりには先客がいた。赤い首紐を巻いた黒猫だ。

「まあ、かわいい」

注文を終えたおつやがさっそく手を伸ばした。

首筋をなでてやると、猫は気持ちよさそうにのどを鳴らした。

「人慣れしてるんで」

桜色の着物をまとったおかみが黒猫を手で示した。

「ほんと、かわいいです」

おつやが目を細くした。

新平はあるじの手の動きを見ていた。

開き厨になっており、餡巻きを器用につくる様子を見物することができる。舌だめしに来た若者は、あるじの手の動きを食い入るように見つめていた。

ほどなく、餡巻きができた。お茶とともに運ばれてくる。

若い二人はさっそく舌だめしをした。

「ああ、これはおいしいね」

新平がすぐさま言った。

「甘味なら、ここの餡巻きだから」

おつやが自慢げに言った。

見世にはわらべづれもいた。みなにぎやかに餡巻きを食べている。

「わらべ向きに、いずれ見世でつくることにしよう」

新平が笑みを浮かべた。

「猫も飼ったほうがいいわね」

おつやは黒猫を指さした。

「そうだね。看板猫だ」

新平はそう言うと、残りの餡巻きを胃の腑に落とした。

五

またいくらか経ったある日——

昼過ぎから始まった宴も終わり、そろそろのれんをしまおうかという頃合いになった。

「じゃあ、あの話を、新平さん」

おつやが小声で言った。

「ああ……そうだね」

何がなしにあいまいな顔つきで新平は答えた。

「あの、師匠、折り入ってお話が」

厨に戻った新平は硬い表情で切り出した。

おきくはおつやとともに一枚板の席の拭き掃除を終えたところだ。

「ん、何だ？」

幸太郎はいぶかしげに問うた。

折り入った話と言っても、修業をやめるような感じではなさそうだ。

「おかみさんにも聞いていただいたら?」

おつやが声をかけた。

それを聞いた刹那、おきくは少しはっとした。

どういう話なのか、思い当たるところがあったのだ。


もしや、ひょっとすると……。


おきくは胸にそっと手をやった。

「ああ、そうだね。厨の掃除が終わったらお願いします」

新平は引き締まった顔つきで言った。

ややあって、段取りが整った。

幸太郎は一枚板の席、おきくは勘定場の床几に腰を下ろした。身の負担にならないようにふかふかした座布団が据えられている。おかげで、二匹の猫もいたくお気に入りだ。

「突っ立ってないで、おまえらも座れ」

幸太郎が身ぶりでうながした。

「へえ」

まず新平が座った。

おつやも続く。

「で、話とは何だ?」

きく屋のあるじが訊いた。

「じ、実は……」

若い二人の目と目が合った。

おつやがうなずく。

「その、おつやちゃんと一緒になることに」

思い切ってそう告げると、新平はふっと一つ息をついた。

「はあ?」

幸太郎は顔に驚きの色を浮かべたが、おきくは違った。

「ああ、やっぱり」

きく屋のおかみはそう言った。

「分かってました?」

おつやが問う。

「そんな気がしたの。ともかく、おめでとう」

おきくは笑みを浮かべた。

「いや、驚いたな、こりゃ」

幸太郎は髷に手をやった。

「驚かせてすいません」

新平は頭を下げた。

「あいさつとかは、これからか？」

きく屋のあるじがたずねた。

「いえ、前の休みに行ってきました」

厨修業の若者が答える。

「新平さんのお母さんにもごあいさつしてきました」

おつやがいい表情で言った。

「どうぞよろしゅうに、とおっかさんが」

新平が伝えた。

「そうか。知らぬはおれだけか」

幸太郎は苦笑いを浮かべた。

「わたしはお似合いだと思ってた」

と、おきく。

「まあ、その、縁のもので」

新平が嬉しそうに言った。

「じゃあ、祝いの宴をやらないと」

おきくが両手を一つ打ち合わせた。

「そうだな。きくのお産が近づく前にやろう。助っ人は手配できるから」

幸太郎が段取りを進めた。

「綿帽子をかぶってお運びはできないものね」

おきくが頭に手をやった。

「運び役なら、わたしのほうでいくたりか」

おつやが言った。

「料理は仕込みまでならやりますので」

新平が請け合う。

「よし。せっかくの門出だから、いい宴にしよう」

幸太郎は気の入った声で言った。

六

「いままでほうぼうの宴で独楽を廻してきたが、身内のは久しぶりだな」

独楽廻しの辰が言った。

見廻りがてら立ち寄ったところだ。

「いつもより大きな独楽を廻したらどうだ」

一枚板の席の客が水を向けた。

森繁右京こと新堂大和守守重だ。酒肴を楽しみつつ、帳面を開いて書き物をしている。江戸で見聞きしたことを記録にとどめておくのが在府大名の日課だ。

「それも思案したんですが、しくじったらまずいんで」

十手持ちは答えた。

「余興の真打ちでお願いしますよ」

幸太郎が厨から言った。

「そりゃ、かわいい姪のためだからよ」

独楽廻しの辰がおつやを見た。

「ありがたく存じます、伯父さん」

おつやは笑顔で言った。

「そのうち、きく屋ののれん分けか」

お忍びの美濃前洞藩主が問うた。

「いえ、まだそこまでは」

新平があわてて手を振った。

「きく屋はわたしの名から採ったと思ってるお客さんがいるくらいで」

おきくがややあいまいな顔つきで言った。

「ならば、新たなおかみの名から採って……」

新堂大和守はさらさらと筆を動かした。

艶屋《つやや》

「うーん……」

おのれが記したばかりの字を見て、着流しの武家は首をひねった。

「いささか硬いし、艶っぽい見世だと思われてはいかん。これは却下だ」

森繁右京と名乗る武家は筆で線を引いた。

「ああ、それなら」

新平は両手を打ち合わせた。

「何か思いついた？」

おつやが問う。

「うん、師匠の名から一字いただいて、幸屋《さいわいや》はどうかと思って」

新平は答えた。

「おれの名か」

と、幸太郎。

「ええ。それものれん分けのようなものですから」

弟子は笑みを浮かべた。

幸屋

お忍びの藩主の筆がまた動いた。

「きく屋なら、どっしりとした漢字の『屋』を付ければ据わりがよいが、いささか重いかもしれぬ。そこで……」

筆がまたさらさらと動いた。

幸や

「これでどうだ。幸いが来そうな名ではないか」

森繁右京と名乗る男は自画自賛した。

「わあ、いい名ですね」

おきくがすぐさま言った。

「そのうち、ちゃんと揮毫してやろう。それをもとに、看板やのれんをつくればいい」

美濃前洞藩主は手回しよく言った。

「ありがたく存じます。でも、まだ先の話で」

新平はいくらかあいまいな顔つきになった。

「修業を積んで、さらに料理の腕を上げてからだな」

幸太郎が白い歯を見せた。

「気張ってやりますんで」

新平は引き締まった顔つきで答えた。

七

段取りはとんとんと進み、早くも祝言の宴になった。

父が亡くなったあと、新平を女手一つで育てあげた母のおすま。

おつやの父で腕のいい錺職の巳之次《みのじ》、そのつれあいのおつた。みな正装できく屋の望洋の間に上がった。

もちろん、おつやの伯父の十手持ちの姿もあった。提げてきた大きな風呂敷包みの中身は、もちろん独楽だろう。

「おう、めでてえな」

珍しい紋付き袴姿の十手持ちが声をかけた。

「ありがたく存じます」

綿帽子をかぶったおつやが笑顔で答える。

匂い立つような花嫁だ。

一階のほうからにぎやかな声が響いてくる。

祝いの宴には、双方の朋輩《ほうばい》たちが手伝いに来てくれていた。おかげで運び役の手は足りた。おなかが目立つようになってきたおきくは、ここぞというときにだけ顔を出すという段取りだ。

「新郎自らの運びだね」

蔦屋の半兵衛が温顔で言った。

固めの盃には長老役が要る。きく屋の常連中の常連である隠居に声をかけたところ、快く請け合ってくれた。

もう一人の重鎮、升屋の喜三郎と、乗加反可の顔もあった。かわら版のたねにするつもりか、戯作者が帳面に筆を走らせた。

「はい、お待ちで」

こちらも正装の新平が舟盛りを両手でしっかりと持って、望洋の間の座敷に据えた。

「こけなくてよかったわね」

母のおすまが言った。

「まあなんとか」

短く答えると、新平はおつやの隣に腰を下ろした。

すでに焼き鯛と赤飯が出ている。酒と茶にも抜かりがない。宴の支度は整った。

「気をつけて」

「ゆっくり」

娘たちの声が聞こえた。

おつやの朋輩だ。

ほどなく、おきくがやや大儀そうに姿を現した。

「固めの盃は見たいので」

おきくが言った。

「無理するな」

幸太郎が言う。

「あとはお客さんみたいなものだから」

おきくは笑みを浮かべた。

「なら、そろそろ蔦屋さんの出番かね」

喜三郎が手で示した。

「みな座ったら、固めの盃だね」

長老役が言った。

「はあい」

「ここでいいや」

「おいらは端っこで」

にぎやかだった若者たちが座って居住まいを正した。

「では、お願いいたします」

幸太郎が言った。

「それでは、僭越ながら」

蔦屋半兵衛が酒器を手に取った。

「新平さんとおつやちゃんが夫婦《めおと》になる固めの盃です」

おきくがいいところで言葉を発した。

儀式は型どおりに粛々と続き、新郎新婦が固めの盃の酒を呑み干した。

「これで若夫婦の誕生です。お幸せに」

隠居が満面の笑みで言った。

祝いの宴の場がにわかにやわらいだ。

八

「なるほど、ゆくゆくは『幸や』を」

乗加反可の筆がさらさらと動いた。

おきくからその話を聞いたところだ。

「まだまだ腕が甘いですけど」

だいぶ赤くなった顔で、新平が言った。

十五とはいえ、新郎は勧められた酒を呑むのもつとめのようなものだ。ことに、義父の巳之次やその兄の辰平《たつへい》親分の酒は断れない。

「いや、日に日に腕は上がってますので。この天麩羅もなかなかのもので」

幸太郎が海老天を手で示した。

美しい花がついた見栄えのする海老天は、おのれのつとめを見てもらいたいということで、新郎が自ら揚げた。

「うん、さくっとしていておいしいよ」

半兵衛が言った。

「これなら、見世で出しても喜ばれるね」

喜三郎も和した。

「幸やののれんが出たら、きっと行くから」

「みなで行きましょう」

「おいらも行くぜ」

「近くにのれんを出してくれよ」

おつやと新平の朋輩たちが口々に言った。

宴もたけなわになってきた。

そろそろ余興のときだ。

「出番です、親分さん」

場を見渡してから、幸太郎が声をかけた。

「おう」

独楽廻しの辰がゆっくりと立ち上がった。

「よっ、日の本一」

乗加反可がすぐさま言う。

風呂敷包みが解かれた。

中から現れ出《い》でたのは、寿と金文字で描かれた紅白の独楽だった。かなり大ぶりの独楽だ。

幸太郎が素早く動いた。

敷物がないと、独楽で畳を痛めてしまう。

「えー、きく屋が取り持つ縁で、またしても祝いの宴にしゃしゃり出てまいりましたが、このたびの新婦はわが姪ですから、これは出ねえわけにゃいかねえ」

支度が整うまで、親分は話でつないだ。

「……というわけで、支度が整ったんで、気張って廻しましょう。いざ！」

独楽廻しの辰の腕がしなった。

「わあ」

声があがった。

まず初めの独楽が廻る。

寿という文字が消えて模様が残る。

「東西《とざい》！」

二つ目の独楽が廻った。

間合いを保ちながら、つかず離れず、二つの独楽が悦ばしく廻った。

それはまるで、今日の主役の若夫婦のようだった。

九

紅白蕎麦がふるまわれた。

白は御膳粉、紅は紅生姜を練りこんである。きく屋の祝いの宴では欠かせない縁起物だ。

さらに、締めに焼き柿が出た。上等の味醂を回しかける例の食し方だ。

「わあ、柿ってこんなに甘くなるのね」

おすまが驚いたように言った。

「びっくりしただろう、おっかさん」

新平が得意げに言った。

「なら、そろそろ新郎新婦のあいさつだな」

幸太郎が場を見てから言った。

出すべき料理は出したし、酒も充分だ。

「あ、はい」

新平が座り直した。

「ちゃんと御礼を言って」

おすまが母の顔で言う。

「よし」

新平は帯をぽんとたたいて立ち上がった。

「しっかり」

おつやが小声で言った。

一つうなずくと、新平はのどの具合を調えてからしゃべりだした。

「えー、本日はおいらとおつやちゃんのためにお越しくださいまして、本当にありがたく存じました。なんだか胸がいっぱいで、何をしゃべっていいやら分かりませんが、とにかく、その、きく屋さんの取り持つ縁で、おいらには過ぎた女房をもらうことができて、これは夢じゃねえかと、ときどき思うくらいで……」

新平はそこで言葉に詰まった。

「今後の夢はどうだい」

喜三郎が助け舟を出した。

「幸やの話は？」

乗加反可も言う。

「ああ、そうすね」

新平はうなずいてから続けた。

「この先もきく屋で厨修業をして、いつかはおつやちゃんと二人でおのれの見世ののれんを出すのが夢で。おとっつぁんは魚をさばかせたらみながうなるほどの腕前でしたが、見世を出すこともなくあの世へ行っちまったもんで、その夢をおいらが果たしてやりたいと」

その言葉を聞いて、おすまが目尻に指をやった。

「わたしの名から一字採った『幸や』に見世の名は決まっています」

幸太郎が話をつないだ。

「はい。いつになるか分かりませんが、幸いが来るような見世にしたいと思ってます。これからもどうかよろしゅうに」

新平は深々と頭を下げて座った。

「いいぞ」

「繁盛間違いなしだ」

声が飛ぶ。

「なら、おつやちゃんからもひと言」

おきくが手で示した。

「はい」

いい返事をすると、おつやは立ち上がった。

「本日はありがたく存じました。これからも新平さんと力を合わせて、きく屋さんで夫婦で修業させていただくつもりです。どうぞよろしゅうお願いいたします」

おつやはいったん頭を下げてから続けた。

「そして、どこになるか分かりませんが、いつか『幸や』ののれんを出したら、お越しいただければ幸いです。本日は、本当にありがたく存じました」

綿帽子をかぶった新婦の声が望洋の間に響いた。

「もうおかみの顔だね」

升屋の隠居が言った。

「行きつけの見世がまた一軒増えそうだよ。長生きしないと」

蔦屋の隠居が笑顔で言った。

「ともかく、しばらくはうちで気張ってくれ」

幸太郎が言った。

「頼みにしてますから」

おきくはそう言って、おなかにそっと手をやった。

終章　大川端の春

一

時は速やかに流れた。
木枯らしが吹き、年が押しつまったかと思うと、あっという間に新たな年が訪れた。
四月に文政《ぶんせい》に改元される文化十五年（一八一八）だ。
江戸で暮らす人々は、ひとしなみに一つ年を加えた。
それぞれの正月があり、雑煮の角餅がいくつも焼かれた。
三が日が終わり、日々の暮らしが戻った。
七草粥が炊かれ、そのうち松が取れた。
江戸で生きる人の数だけ、その暮らしがある。

歩いて行く道がある。
平坦でまっすぐな道もあれば、曲がりくねった上り下りの難儀な道もある。
道の辺《べ》にはそれぞれの花が咲き、人生を彩る。

大川端のきく屋にも、新たな春がやってきた。
一月もそろそろ終わるかという時分、きく屋では声が響いていた。
あるじの幸太郎でも、おかみのおきくでもない。
去年まではない声だ。
それは、赤子の泣き声だった。

二

年が押しつまった師走の三十日に、おきくは無事お産をした。
正月になるかと思われていたが、存外に早く産気づいたので幸太郎はあわてた。
新平がばたばたとつなぎに走り、産婆のおとみがかけつけた。
お産はいままでより軽く済んだ。おきくは無事に赤子を産んだ。

産科医の染谷東庵も往診に来てくれた。

「母子ともに健やかですよ。産後の肥立ちが何より大切ですが、これなら大丈夫でしょう」

東庵は太鼓判を捺してくれた。

おきくが産んだのは男の子だった。

名は竹次郎《たけじろう》にした。

いまは猫に生まれ変わったことになっている松太郎の弟だから竹次郎だ。

「この子は運があるぞ」

幸太郎がお産を終えてまもないおきくに言った。

「どうして？」

おきくが訊く。

「師走の三十日に生まれて、すぐ二歳になったじゃないか」

幸太郎が笑顔で言った。

「ああ、そういうことね」

おきくは笑みを返した。

「大きくなれ、竹次郎」

いまは眠っている赤子に向かって、幸太郎は言った。

「今度こそ、ね」

赤子を抱いたおきくが言う。

「そうだな。毎日、神信心だ」

幸太郎は両手を打ち合わせた。

すると、何かの合図かと思ったのか、二匹の猫が寄ってきた。

「えさじゃないぞ」

幸太郎が笑う。

松太郎とおはな、いまは亡き子たちの名を襲った猫たちは、新参の赤子のほうへ恐る恐る近づいた。

「仲良くしてあげてね」

おきくが言った。

二匹の猫が顔を見合わせる。

「ほら、弟の竹次郎よ」

おきくが赤子の手を少し近づけた。

茶白の縞猫が近づく。

松太郎は少し逡巡してから、赤子の手をぺろりとなめた。

「よろしゅうに、と」

幸太郎が笑う。

「よろしくね」

おきくは眠っている赤子の手を少し動かした。

三

きく屋が再開したのは一月の半ばだった。

もっとも、おきくはまだ産後の養生をしなければならない。とても見世に出ることはできなかった。

頼みの綱は、新平とおつやの若夫婦だ。

これまではそれぞれきく屋に通っていたのだが、おきくが見世に復帰するまで、きく屋の一室を住まいとして使ってもらうことになった。いずれいい長屋が見つかったら移ればいい。

新平もおつやも気張ってつとめに精を出した。

おきくが子を産んだ話は、常連のあいだにまたたくうちに伝わった。きく屋の再開を待ちかねたように客が訪れて祝いを渡した。

「うちのあきない物で相済まないがね」

鯛屋の半次郎がそう言って、見事な鯛の押し物を渡した。

それればかりではない。菓子屋の講の世話人は、かなりの額の祝い金を包んでくれた。

「これはこれは、ありがたく存じます」

幸太郎が丁重に頭を下げた。

「鯛のお返しをいたしますので」

新平が厨から言った。

「それは望むところだね」

半次郎が温顔で言った。

ほどなく、小鯛の天麩羅が揚がった。菓子屋の隠居がさっそく舌鼓を打つ。

赤子の泣き声が聞こえてきた。

客の邪魔にならぬように、おきくと竹次郎はいくらか離れたところにいる。さりながら、ひとたび泣きだした赤子の声は見世じゅうに響いた。

「はは、元気だね」

半次郎が言った。

「赤子は泣くのがつとめですから」

幸太郎が笑みを返す。

「ところで、月末はもう生まれてひと月だからお食い初めだね」

鯛屋の隠居はそう言うと、天麩羅の残りをうまそうに胃の腑に落とした。

「ええ。長老役の方にはもうお願いしてあります」

幸太郎が伝えた。

「そうかい。なり手がいなかったらわたしでもと思ったんだが」

半次郎が温顔で言った。

「ありがたく存じます。お気持ちだけ頂戴します」

幸太郎はそう言って、隠居に酒をついだ。

「何にせよ、今度はすべてうまくいきそうだね」

半次郎は笑みを浮かべて、猪口の酒をくいと呑み干した。

四

おきくが復帰したのは二十日過ぎのことだった。

もっとも、初めのうちは客に顔を見せる程度だ。お運びなどはおつやに任せ、大事そうにおくるみに入れた赤子に乳をやったりあやしたりしながら、おきくはつとめに慣らしていた。

そうこうしているうちに、お食い初めの日が来た。

長老役がきく屋に姿を現した。

ただし、隠居ではなかった。

あくまでも長老という役どころだ。

「本日はお頼みいたします」

幸太郎が深々と頭を下げた。

「おう」

長老役が右手を挙げた。

それは、お忍びの美濃前洞藩主、新堂大和守守重だった。

「よろしゅうお願いいたします」

竹次郎を抱いたおきくが一礼した。

「初めての大役で、しくじったら許せ」

快男児が白い歯を見せた。

いつもの着流しではない。長老役とあって、紋付き袴の正装だ。水もしたたる男っぷりだ。

白木の三方の上に、すでに焼き鯛が据えられている。

赤飯と椀物なども抜かりがない。

歯固めの石も用意されていた。しかるべき社《やしろ》へ足を運んでいただいてきた石だ。

「では、お願いします」

幸太郎が身ぶりで示した。

「うむ」

美濃前洞藩主が箸を取る。

箸の先を歯固めの石にちょんと付ける。

「さ、口を開いて」

おきくが赤子に言った。

さりながら……。

常ならぬ様子にうろたえたのか、竹次郎はやにわに火がついたように泣きだした。

「よしよし」

おきくがあやす。

「すぐ済む」

新堂大和守はそう言うと、やや強引に赤子の口を押さえ、箸先で歯に触れた。

さらに泣き声が高まる。

「これでよいな」

藩主が幸太郎の顔を見た。

「はい、お手数をおかけしました」

きく屋のあるじが恐縮して言った。

「よし、終わったぞ。これで必ず息災に育つ」

藩主は歯切れよく言った。

「ありがたく存じます。……はいはい、もう終わりだから。よく我慢したわね」

おきくが赤子に言った。

「顔立ちは二親のよきところを合わせている。ゆくゆくは錦絵に描かれるような料理人になろうぞ」

新堂大和守がうなずいた。

「いえ、まだ料理人にすると決めたわけでは」

幸太郎があわてて手を振ったから、きく屋に和気が漂った。

五

そのうち、おきくはゆっくりとなら階段を上れるようになった。

久々に見る望洋の間からのながめは、夢のように美しかった。

その望洋の間で、谷文晁一門の稽古画会が催された。

かつても大川の景色を描き、師の谷文晁が指導する催しがあったが、このたびは思わぬ成り行きになった。

「せっかく赤子が生まれたのだ。きく屋の了解を得られれば、ややこを抱く母の姿を描いてみることにしようではないか」

南画の泰斗がそう言った。

きく屋にとってみれば一門は上得意だ。さすがに赤子に乳をやっているところなどは無理だが、おくるみに入れたややこを抱いている図などならと承諾することにした。

そういうわけで、おきくは赤子とともに絵を描いてもらうことになったのだが、初めのうちはさすがに緊張して表情が硬かった。

「もそっと楽に」

谷文晁が声をかけた。

「はい」

おきくはうなずいたが、顔つきはまだこわばっていた。

だが、ここで竹次郎が泣きだした。

「よしよし、怖くないから。おっかさんがいるよ」

おきくはあの手この手であやしだした。

谷文晁が弟子たちに目配せをした。


この光景を描け。

何よりの学びになろう。

まなざしでそう教える。

難しい注文だったらしく、なかには頭を抱える弟子もいたが、何枚か絵ができた。

「これは惜しいな」

谷文晁が一枚の絵を手で示した。

「わたくしの力では、これで精一杯で」

弟子が鬢に手をやった。

「画竜点睛《がりょうてんせい》を欠くという言葉がある。線はよく描けているが、母子ともに目が活きていない」

谷文晁が言った。

「はい」

弟子は殊勝にうなずいた。

やっと泣きやんだ赤子を、おきくが笑顔で抱っこしている絵だ。よく描けているが、たしかに何かが足りない。

「こうすればどうか。たましいが入るであろう」

谷文晁はそう言うと、細い筆の先で巧みに墨を入れた。

おきくの瞳に、たちまち光が宿った。

赤子もそうだ。

まるで笑っているかのような表情になった。

「見違えるようになりました」

弟子は瞬きをした。

「最後まで気を入れ、絵にたましいを込めよ」

谷文晁はそう教えた。

絵は祝いとしてきく屋に贈られることになった。

谷文晁は背景に花を描き足し、揮毫も入れてくれた。

「ありがたく存じます」

おきくが深々と頭を下げた。

「家宝にいたします」

幸太郎も和す。

「目立たぬところに飾っておいてくれ。魔除けになるかもしれぬ」

南画の泰斗は笑って言った。

六

「では、行ってまいります」

新平が明るい声で言った。

「ああ、気張って舌だめしをしてこい」

幸太郎が笑みを浮かべた。

ちらほらと花だよりが聞かれる時分になった。大川端をさわやかな春風が吹いている。

「胃の腑に入るかぎり、いろいろ廻ってきます」

おつやが言った。

「あんまり食べすぎて調子が悪くならないように」

竹次郎を抱っこしたおきくが言った。

「はい、ほどほどに」

おつやはいい表情で答えた。

今日は若夫婦で舌だめしだ。少し足を延ばして、浅草の名店をいろいろ廻ってくるらしい。

いずれ「幸や」を開く若者たちは、楽しく語らいながら大川端を歩いていった。

きく屋の二人は、その背をあたたかく見送った。

「よし、舟を見るか」

幸太郎が言った。

「そうね。機嫌よさそうにしてるし」

おくるみを抱いたおきくが答えた。

大川の水面が見えるところまで行くと、きく屋の二人は土手に腰を下ろした。

赤子を冷たい風に当てるわけにはいかないが、今日の風なら大丈夫だ。

「あら、おまえたちも大川見物?」

おきくが言った。

松太郎とおはな、紺色と桜色の首紐が似合う二匹の猫が、いつのまにか近づいてきた。

「一緒に見物だ」

幸太郎が白い歯を見せた。

「ほら、あそこにお舟が」

おきくが手で示した。

春の大川の川面を、荷を積んだ舟がゆるゆると下っている。編み笠をかぶった船頭が櫓を操る姿が影絵のように見えた。

「いい景色だな」

幸太郎が瞬きをした。

「あら、この子……」

おきくがふとおはなのほうを見た。

「何だ？」

幸太郎が問う。

「近々、お産をするわね」

三毛猫のおなかを見て、おきくは言った。

「そうか。猫が子を産むのは早いからな」

と、幸太郎。

「いい子を産むのよ」

おきくはおはなの首筋をなでてやった。

初めてのお産を控えた猫が気持ちよさそうにのどを鳴らした。

われも、とばかりに、松太郎も身をすり寄せる。

「よし、来い、竹次郎」

幸太郎がおくるみを抱いた。

手が空いたおきくは、松太郎の首筋もなでた。二匹の看板猫が、競うようにのどを鳴らす。

「たくさん生まれたら、里子に出さなきゃならないな」

幸太郎が言った。

「お客さんにももらっていただかないと」

と、おきく。

「そうだな。そこからまた新たな縁が生まれるだろう」

幸太郎は笑みを浮かべた。

ここで竹次郎が目を覚ましたかと思うと、やにわにわんわん泣きだした。

「お乳かも」

おきくが言った。

「おう、頼む」

幸太郎はあわてておくるみを戻した。

松太郎とおはな、二匹の猫は土手に寝そべってくつろぎだした。

今日は本当にいい日和だ。

吹く風があたたかい。

日の光がさらに濃くなった。

舟が行き交う大川の水面を御恩《ごおん》のように照らす。

竹次郎に乳をやりながら、その夢のような景色を、おきくはなおしばし飽かずながめていた。

［参考文献一覧］

野﨑洋光『和のおかず決定版』（世界文化社）
『一流板前が手ほどきする人気の日本料理』（世界文化社）
『人気の日本料理2　一流板前が手ほどきする春夏秋冬の日本料理』（世界文化社）
田中博敏『お通し前菜便利集』（柴田書店）
志の島忠『割烹選書　夏の献立』（婦人画報社）
畑耕一郎『プロのためのわかりやすい日本料理』（柴田書店）
仲實『プロのためのわかりやすい和菓子』（柴田書店）
『一流料理長の和食宝典』（世界文化社）
土井勝『日本のおかず五〇〇選』（テレビ朝日事業局出版部）
『復元・江戸情報地図』（朝日新聞社）
日置英剛編『新国史大年表　五－Ⅱ』（国書刊行会）
今井金吾校訂『定本武江年表』（ちくま学芸文庫）
西山松之助編『江戸町人の研究　第三巻』（吉川弘文館）

本書は書き下ろしです。

実業之日本社文庫 く4 15

おもいで料《りょう》理《り》きく屋《や》　なみだ飯《めし》

2024年10月15日　初版第1刷発行

著　者　倉阪《くらさか》鬼《き》一郎《いちろう》

発行者　岩野裕一
発行所　株式会社実業之日本社
〒107-0062　東京都港区南青山6-6-22 emergence 2
電話 [編集]03(6809)0473 [販売]03(6809)0495
ホームページ　https://www.j-n.co.jp/
ＤＴＰ　ラッシュ
印刷所　大日本印刷株式会社
製本所　大日本印刷株式会社

フォーマットデザイン　鈴木正道（Suzuki Design）

ISBN978-4-408-55909-4（第二文芸）